# LA LEYENDA DE SLEEPY HOLLOW Y RIP VAN WINKLE

## WASHINGTON IRVING

ALMA CLÁSICOS ILUSTRADOS

WASHINGTON IRVING

# LA LEYENDA DE SLEEPY HOLLOW Y RIP VAN WINKLE

Traducción de
Manuel de los Reyes y Jorge Rizzo

Ilustrado por Stephanie von Reiswitz

Título original: *The Legend of Sleepy Hollow* y *Rip van Winkle*

© de esta edición:
Editorial Alma
Anders Producciones S.L., 2023
www.editorialalma.com

 @almaeditorial

© de la traducción de *La leyenda de Sleepy Hollow:* Manuel de los Reyes
© de la traducción de *Rip van Winkle:* Jorge Rizzo

© de las ilustraciones: Stephanie von Reiswitz

Diseño de la colección: lookatcia.com
Diseño de la cubierta: lookatcia.com
Maquetación y revisión: LocTeam, S.L.

ISBN: 978-84-18933-95-0
Depósito legal: B-4074-2023

Impreso en España
Printed in Spain

Este libro contiene papel de color natural de alta calidad que no amarillea (deterioro por oxidación) con el paso del tiempo y proviene de bosques gestionados de manera sostenible.

# LA LEYENDA DE
# SLEEPY HOLLOW

Encontrado entre los papeles del difunto
Diedrich Knickerbocker

*Era una tierra agradable de somnolientos,*
*de sueños que ondean ante el ojo medio cerrado;*
*y de los castillos alegres en las nubes que pasan,*
*siempre enrojeciendo alrededor de un cielo de*
*verano.*

—El castillo de la indolencia

En el seno de una de las espaciosas calas que caracterizan la margen oriental del Hudson, en ese amplio tramo del río que los navegantes holandeses de antaño denominaban Tappan Zee, donde siempre que lo cruzaban arriaban prudentemente las velas e imploraban la protección de san Nicolás, se encuentra un puerto rural o pequeña ciudad comercial denominada Greensburgh por algunos, aunque también se conoce por el nombre más generalizado y exacto de Tarrytown, o Ciudad de la Tardanza. Cuentan que la bautizaron así, hace ya mucho tiempo, las buenas comadres de la localidad adyacente debido a la inveterada afición de sus maridos a demorarse en la taberna de la aldea los días que había mercado. En todo caso, no pondría yo la mano en el fuego por la veracidad de esa anécdota; más bien, me limito a llamar la atención sobre ella en aras de la precisión y la autenticidad. No lejos de esa aldea, quizá a unos tres kilómetros, hay un pequeño valle —u hondonada entre las altas colinas, mejor dicho— que es uno de los lugares más tranquilos del mundo. Lo atraviesa un arroyo cuyo suave murmullo se diría suficiente para arrullar y adormecer a cualquiera, y el único sonido que perturba alguna vez esa serenidad uniforme es el canto ocasional de alguna perdiz o el martilleo de los pájaros carpinteros.

Recuerdo que, cuando todavía era un mocoso, realicé mi primera incursión en el arte de la caza de ardillas en un bosquecillo de altos nogales bajo cuya sombra se guarece una cara del valle. Me había adentrado allí a mediodía, cuando toda la naturaleza se muestra especialmente tranquila, y me sobresaltó el rugido de mi propia escopeta al truncar el silencio sabático que me rodeaba, repetido y prolongado por ecos furiosos. Si alguna vez hubiera deseado conocer un rincón apartado en el que poder aislarme del mundo y sus distracciones, donde pasar soñando plácidamente el resto de una vida tumultuosa, no se me ocurriría ningún lugar más prometedor que aquel valle.

Debido tanto a la lánguida naturaleza del lugar como al peculiar carácter de sus pobladores, descendientes de los primeros colonos holandeses, hace tiempo que este valle tan recogido recibió el nombre de Sleepy Hollow, u Hondonada Somnolienta, y por Chicos de la Hondonada Somnolienta es como se conoce a sus rústicos mozos en toda la comarca. Lo cierto es que sobre esos terrenos parece flotar un halo en verdad apacible y aletargado, una sensación que se respira en el aire. Hay quienes cuentan que el lugar fue embrujado por algún doctor alemán en los primeros días del asentamiento; otros, que un antiguo jefe indio, el profeta o brujo de su tribu, celebraba allí sus *powwows* antes de que maese Hendrick Hudson descubriera el lugar. Lo cierto es que este aún está sometido a algún tipo de influencia hechicera que gobierna la mente de sus buenas gentes, las cuales parece como si anduvieran sonámbulas. Creen en todo tipo de fabulaciones, son proclives a sufrir visiones y trances, ven con frecuencia cosas extrañas y oyen en la brisa música y voces extrañas. Toda la localidad es una cornucopia de fantasías tradicionales, lugares encantados y supersticiones crepusculares; sobre ese valle se divisan más cometas y estrellas fugaces que en cualquier otra parte del país, y el demonio de la pesadilla, con su séquito de criaturas diabólicas, parece haberlo convertido en el escenario predilecto de sus cabriolas.

Sin embargo, el espectro dominante que asuela esta región encantada y da la impresión de capitanear todas las huestes etéreas es la aparición de una figura sin cabeza montada a caballo. Hay quienes aseguran que se trata del fantasma de un soldado hessiano, decapitado por un cañonazo en alguna batalla anónima durante la guerra de la Independencia, al que los habitantes de la zona ven siempre de noche, cabalgando a galope tendido como si lo transportase un vendaval. Sus apariciones no se limitan al valle, sino que en ocasiones se extienden a los aledaños de una iglesia vecina. Lo cierto es que algunos de los historiadores más rigurosos del lugar, tras recabar y cribar con meticuloso rigor todos los hechos dispersos relacionados con el espectro, sostienen que el cadáver de ese soldado debió de recibir sepultura en el camposanto de la parroquia, que el fantasma acude al galope al escenario de la batalla que todavía ruge en su mente, y que la velocidad cegadora a la que a veces surca la Hondonada, como un torbellino nocturno, se debe a que el combate lo ha demorado en exceso y tiene prisa por regresar al cementerio antes de que amanezca.

Tales son los mimbres fundamentales de esta superstición legendaria, la cual ha dado pie a más de una historia disparatada en esa región tan sombría, y alrededor de todas las fogatas, el espectro se conoce por el nombre del Jinete sin Cabeza de Sleepy Hollow.

Cabe señalar que las antedichas inclinaciones visionarias no se ciñen exclusivamente a los habitantes naturales del valle, sino que acostumbran a insinuarse en el subconsciente de todo aquel que reside allí un tiempo. Por despiertas que estuvieran antes de entrar en esa región somnolienta, es inevitable que todas las personas acaben aspirando la influencia sortílega que flota en el aire y comiencen a experimentar una imaginación desbocada, sueñen con los ojos abiertos y vean apariciones.

Menciono este lugar tan idílico con toda la admiración posible, pues en esta clase de valles holandeses remotos, diseminados por los recovecos del gran estado de Nueva York, la población, los buenos modales y las costumbres se mantienen invariables, en tanto el caudaloso torrente de migración y desarrollo que tantos cambios incesantes provoca en otras partes de esta inquieta nación pasa de largo inadvertida. Son como esos pequeños remansos de ondas tranquilas que bordean las corrientes de aguas más bravas, donde podemos ver briznas de hierba y burbujas ancladas plácidamente en el sitio, o girando despacio alrededor de su remedo de puerto, sin perturbar por el furor de la corriente que sigue su curso. Aunque han pasado ya muchos años desde que hollé las sombras somnolientas de Sleepy Hollow, sospecho que me encontraría con las mismas familias letárgicas y los mismos árboles adormilados si volviera a su seno recóndito.

En este apartado rincón de la naturaleza vivía, en un periodo lejano de la historia de América, es decir, hace unos treinta años, un noble personaje que respondía al nombre de Ichabod Crane, el cual llegó, o más bien, por usar sus propias palabras, «se demoró» en Sleepy Hollow con la intención de educar a los niños de la comarca. Era originario de Connecticut, estado que abastece a la Unión de pioneros, no solo del bosque, sino también de la mente, y del que todos los años parten legiones de leñadores fronterizos y maestros rurales. El apellido de Crane, o grulla, le sentaba como un guante. Era alto y extraordinariamente desgarbado, con los hombros enjutos, de brazos y piernas interminables, manos que oscilaban como péndulos a kilómetro y medio de sus mangas y unos pies que podrían usarse de palas, todo ello ensamblado de la forma más deslavazada posible. Tenía la cabeza pequeña y achatada en lo alto, flanqueada por unas orejas enormes, los ojos grandes, vidriosos y verdes, y una narizota tan prominente que semejaba una veleta instalada sobre el eje de su cuello larguirucho para indicar de qué dirección soplaba el viento. Al verlo recorrer con sus zancos el perfil de algún monte en un día desapacible, cualquiera habría podido confundirlo con el jinete del hambre descendiendo sobre la tierra, o con un espantapájaros desterrado de su maizal.

Su escuela era un edificio bajo con una sola habitación espaciosa, toscamente construido con troncos; las ventanas estaban esmeriladas en parte, en parte parcheadas con las hojas de antiguos libros de texto. En horario no lectivo se aseguraba ingeniosamente por medio de una trenza de mimbre enroscada en la manilla de la puerta y estacas encajadas contra los postigos. De este modo, cualquier ladrón podría entrar allí sin la menor dificultad, pero salir se convertiría en una labor engorrosa. El arquitecto debía de haber tomado la idea prestada de las misteriosas trampas para anguilas de Yost Van Houten. La escuela se ubicaba en un lugar solitario pero agradable, al pie de una colina arbolada, con un arroyo que discurría por los alrededores y un abedul formidable que crecía en uno de los extremos del cauce. Los plácidos días de verano se podían oír las voces de sus alumnos, como el murmullo de una colmena, mientras repasaban la lección, interrumpidas de vez en cuando por el tono autoritario de su maestro, ora imperioso, ora amenazador, y en ocasiones, por el restallar punitivo de la vara de abedul con la que instaba a los tardones y remolones a apretar el paso por la florida senda del conocimiento. Aunque no era ningún desalmado, la verdad sea dicha, siempre tenía presente la máxima de oro de que «quien bien te quiere te hará llorar». Ichabod Crane quería mucho a sus estudiantes, sin duda.

Sin embargo, jamás habría dado crédito a quien afirmase que era uno de esos eruditos crueles que disfrutan castigando a sus pupilos. Por el contrario, administraba justicia con más imparcialidad que severidad, descargaba de culpa los hombros de los más débiles y la depositaba sobre los de los fuertes. Al alumno enclenque que se encogía al cimbrearse la vara se le dispensaba un trato indulgente, en tanto las exigencias de la justicia se satisfacían infligiendo una doble ración de castigo al terco golfillo holandés de recias posaderas e ideas equivocadas que, bajo la fusta de abedul, se enfurruñaba, porfiaba, refunfuñaba y se volvía aún más obstinado. A este proceso lo llamaba «hacerles un favor a sus padres», y no dictaba sentencia alguna sin la posterior garantía, tan reconfortante para el pillastre azotado, de que «mientras viviera, lo recordaría y le daría gracias por ello».

Cuando terminaban las clases, se convertía en compañero de juegos de los chicos más grandes, y en las tardes de vacaciones reunía a los más pequeños para llevarlos a casa, donde quería la casualidad que los estuvieran esperando sus bellas hermanas o las hacendosas amas de casa que tenían por madres, célebres por lo bien surtido de sus alacenas. Lo cierto era que le convenía estar bien avenido con sus alumnos. Los ingresos que generaba la escuela eran modestos y apenas si habrían bastado para proveerlo de pan a diario, pues le gustaba zampar y, pese a ser flaco como un palo de escoba, su buche se podía dilatar como el de una anaconda. Por eso, a fin de garantizarse el sustento se alojaba, contraviniendo la costumbre de aquellos pagos, en las granjas de los padres cuya progenie estudiaba con él. Cambiaba de techo una vez por semana, lo que le ayudaba a repartir su presencia de manera equitativa por el vecindario, con todos sus efectos personales pulcramente recogidos en un pañuelo de algodón.

A fin de que su estancia no repercutiera de manera negativa en las arcas de sus rústicos anfitriones, para quienes el coste de la enseñanza representaba una carga onerosa y los maestros de escuela encajaban en la categoría de zánganos, procuraba encontrar la manera de que su presencia resultara tan práctica como amena. Asistía, por lo tanto, a los agricultores en las facetas menos sacrificadas de su oficio: apilando heno, reparando vallas, abrevando a los caballos, recogiendo a las reses del pasto y cortando leña para las fogatas de invierno. Renunciaba, además, a la dignidad dominante y el poder absoluto que ejercía sobre su imperio particular, la escuela, y se trocaba en una persona prodigiosamente gentil y obsequiosa. Se ganaba la aprobación de las madres haciéndoles carantoñas a los chiquillos, sobre todo a los más pequeños, y como el valiente león que de manera tan magnánima abrazó antaño al cordero, no era infrecuente que se sentara con algún niño en la rodilla y lo meciera moviendo el pie durante horas y horas.

Se sumaba a su amplio abanico de vocaciones la dirección del coro de la comunidad, donde recaudaba muchos y muy brillantes chelines al instruir a los jóvenes en las artes de la salmodia. Los domingos era motivo de orgullo para él ocupar su puesto al frente de la galería en la iglesia, con una banda de voces de su elección, para, en su opinión, arrebatarle los laureles al párroco. Lo cierto es que su voz resonaba muy por encima de las del resto de la congregación, y en las apacibles mañanas dominicales se escuchan aún trémolos peculiares que reverberan en dicho templo, en ocasiones hasta a ochocientos metros de distancia, incluso, al otro lado de la presa del molino, ecos nasales a los que se atribuye la categoría de legítimos descendientes de las narices de Ichabod Crane. De ese modo, mientras se las ingeniaba para ir trampeando, aunque fuese «a trancas y barrancas», como se suele decir, el ilustre pedagogo salía delante de manera relativamente airosa y quienes no conocían lo fatigoso que es el trabajo intelectual consideraban que la vida le sonreía de oreja a oreja.

El maestro suele ser una figura relevante en los círculos femeninos de cualquier entorno rural, pues se le atribuyen las virtudes propias de un caballero ocioso dotado de unos gustos y logros inmensamente superiores a los de sus más bastos congéneres, por debajo tan solo, en verdad, del párroco de la localidad. Su aspecto, por lo tanto, es susceptible de proporcionar vivos revuelos en torno a la mesa del té en una granja, más el añadido de bandejas extra de pasteles o fiambres, cuando no, en ocasiones, del lucimiento de juegos de plata. Como es comprensible, nuestro hombre de letras gozaba del favor de todas las damiselas de la comarca. En el patio de la iglesia, entre servicio y servicio dominical, se rodeaba de ellas; les regalaba uvas recogidas en las parras silvestres que trepaban por los árboles de la zona; recitaba para su regocijo los epitafios de todas las lápidas; o paseaba, en compañía de un nutrido séquito, por las orillas de la presa del molino cercano, en tanto los mozos rurales, más timoratos, lo seguían de lejos y envidiaban su simpar elegancia y aplomo.

Su existencia itinerante lo había convertido además en una especie de gaceta móvil que acercaba el cargamento de cotilleos de la zona a todas las casas, por lo que su llegada siempre era recibida con gran alborozo. Las mujeres, cabe añadir, lo estimaban por la inmensa erudición que se le presuponía, dado que había leído de cabo a rabo multitud de libros y se sabía al dedillo *La historia de la brujería en Nueva Inglaterra*, de Cotton Mather, texto en cuyo contenido, por cierto, creía a pies juntillas.

Era, sin duda, un singular exponente de picardía de pueblo e ingenua credulidad. Su afán por lo maravilloso y su facilidad para digerirlo no eran menos extraordinarios, cualidades ambas intensificadas por su estancia en esta región hechizada. No había anécdota demasiado macabra o cruenta para su portentosa capacidad de absorción. Por la tarde, al finalizar las clases, solía deleitarse tumbándose en el mullido manto de tréboles que lindaba con el pequeño arroyo cuyas aguas murmuraban junto a la escuela, actitud en la que releía las escabrosas historias de Mather hasta que las sombras crecientes del ocaso transformaban la página impresa en una mera lámina caliginosa a sus ojos. Y luego, cuando se abría camino por tremedales, ríos y densa espesura hasta la granja que en aquellos momentos hubiera tenido a bien acogerlo, todos los sonidos de la naturaleza, a esa hora bruja, avivaban su imaginación sobrexcitada: los lamentos del chotacabras en la ladera de la montaña; el prodigioso croar de las ranas arbóreas, heraldos de la tormenta; el lúgubre ulular del autillo e incluso el súbito rebullir de las aves sobresaltadas entre los arbustos en los que hacían sus nidos. También las luciérnagas, cuyo fulgor se magnificaba entre las tinieblas, le daban sustos si a alguna especialmente radiante le daba por cruzarse por su camino. Si, por casualidad, uno de esos grandes y torpes ciervos volantes concluía su revoloteo chocando con él, al pobre maestro se le encogía el corazón en el pecho pensando que alguien acababa de lanzarle una maldición. Su único recurso en tales ocasiones, tanto para distraer sus pensamientos como para ahuyentar a cualquier posible espíritu maligno, se reducía a salmodiar algún himno. Las buenas gentes de Sleepy Hollow, sentadas en sus zaguanes al anochecer, no dejaban de maravillarse al oír aquella melodía nasal, «con muchas cautivadoras ráfagas de encadenada dulzura exhalada», que bajaba flotando de algún monte lejano o recorría la carretera poblada de sombras.

Otra afición que le proporcionaba un placer escalofriante consistía en pasar las largas tardes de invierno con las ancianas comadres holandesas que hilaban al calor de las llamas mientras las manzanas asadas siseaban en la chimenea para escuchar sus maravillosas historias de fantasmas y duendes, de sembrados encantados, arroyos encantados, puentes encantados y casas encantadas, pero sobre todo las relacionadas con el jinete sin cabeza, o el Hessiano Galopante de la Hondonada, como lo llamaban a veces. Él, por su parte, las deleitaba asimismo con sus anécdotas sobre brujería, plagadas de ominosos presagios, visiones portentosas y sonidos incorpóreos, remanentes de los primeros tiempos de Connecticut. Las sobrecogía y atemorizaba con sus especulaciones sobre los cometas y las estrellas fugaces, con el hecho alarmante de que el mundo daba vueltas sobre sí mismo, en verdad, ¡y sus habitantes se pasaban la mitad del tiempo cabeza abajo!

Pero si todo aquello le producía alguna satisfacción, cómodamente instalado al abrigo de una acogedora chimenea encendida en alguna habitación iluminada por el resplandor anaranjado de la leña que crepitaba bajo las llamas, habitación a la que, por supuesto, ningún espectro osaría asomarse, quedaba empañada por los terrores consustanciales a su posterior paseo de vuelta a casa. ¡Qué de sombras y siluetas temibles lo acechaban por el camino, agazapadas en la tenue y fantasmagórica penumbra de las noches nevadas! ¡Con qué aprensión reparaba en esos trémulos rayos de luz que bañaban los páramos procedentes de alguna ventana lejana! ¡Cuán a menudo le congelaba la sangre en las venas algún arbusto cubierto de nieve, que, como un espectro bajo su sábana, interrumpía de golpe su marcha! ¡Cuán a menudo se quedaba petrificado, encogido de miedo, por culpa del sonido de sus propios pasos sobre el manto resquebrajadizo que crujía bajo sus pies, sin atreverse siquiera a mirar atrás por encima del hombro, so pena de divisar alguna criatura innombrable que estuviera pisándole los talones! ¡Y cuán a menudo lo dejaba temblando despavorido alguna racha de aire que aullaba al deslizarse entre los árboles, pensando que podría tratarse del Hessiano Galopante en una de sus batidas nocturnas!

Sin embargo, todos estos eran meros terrores de la noche, fantasmas de la mente que caminan en la oscuridad; y aunque había visto muchos espectros en su época y en el transcurso de sus solitarios paseos Satanás lo había visitado más de una vez adoptando formas diversas, la luz del día ponía fin a todos los males y su vida habría sido agradable hasta el fin, mal que le pesara al diablo con todas sus artes, si en su camino no se hubiera cruzado una criatura que a todos los hombres mortales les causa más perplejidad que cualquier duende, fantasma y aquelarre sortílego, una criatura que solo podía ser... una mujer.

Entre los discípulos musicales que se congregaban una vez a la semana para recibir sus clases de salmodia se encontraba Katrina van Tassel, la hija y única heredera de un acaudalado terrateniente holandés. La muchacha, a sus lozanos dieciocho años recién cumplidos, era rolliza como una perdiz, tan tierna, dulce y sonrosada como los melocotones que cultivaba su padre, y universalmente célebre, no solo por su belleza, sino también por lo desmesurado de sus expectativas. También tenía fama de coqueta, como ya se insinuaba incluso en su atuendo, una mezcla de paños clásicos y contemporáneos que contribuían a realzar sus encantos. Los adornos que elegía eran siempre del oro más puro, complementos con los que su tatarabuela había zarpado de Saardam; su tentador corpiño evocaba tiempos pretéritos, y sus provocadoramente cortas enaguas se aliaban para exhibir los tobillos más bonitos de la comarca.

Por lo que al sexo débil respectaba, el corazón de Ichabod Crane era un dechado de insensatez, por lo que no debe sorprender a nadie que tan apetitoso bocado no tardase en acaparar su atención, sobre todo después de haber visitado a la moza en su paterna mansión. El anciano Baltus van Tassel era la viva imagen del hacendado con inclinaciones liberales, tan próspero como ufano. Cierto es que rara vez miraba ni pensaba más allá de los límites de sus tierras, pero entre esos confines se mostraba complacido, dichoso y contento. Su riqueza lo satisfacía, aunque no se vanagloriaba de ella, y le prestaba más valor a la abundancia de afecto que al estilo con el que uno vivía. Su bastión estaba emplazado a orillas del Hudson, en uno de esos recodos tan fértiles y bien guarecidos en los que los campesinos holandeses gustan de hacer sus nidos. Un olmo inmenso proyectaba sus grandes ramas sobre la residencia, al pie de la cual borbotaba un manantial de límpidas y dulcísimas aguas en un pequeño pozo formado a partir de un tonel, aguas que discurrían rutilantes entre la hierba hasta un arroyo cercano, el cual murmuraba sorteando alisos y sauces enanos. Cerca de la granja se levantaba un generoso granero que podría haber servido de iglesia, en apariencia repleto hasta la última ventana y resquicio con los tesoros de sus sembrados; en su interior, el mayal resonaba afanoso de sol a sol, las golondrinas y los vencejos rozaban volando sus aleros, y en el tejado tomaban el sol hileras de palomas, algunas con un ojo vuelto hacia el cielo, como si no se fiaran del tiempo, algunas con la cabeza bajo el ala o enterrada en el pecho, en tanto otras ahuecaban las plumas, zureaban y cortejaban a sus damiselas. Los lustrosos cochinos gruñían y se solazaban en el reposo y la abundancia de sus pocilgas, de los que de manera ocasional salían regimientos de lechones para ventear el aire. Un digno escuadrón de ocas blancas como la nieve nadaban en una charca vecina, con flotas enteras de patos siguiendo su estela; regimientos de pavos desperdigados glugluteaban por la propiedad enervando a las gallinas de Guinea, que, como gobernantas malhumoradas, mostraban su desaprobación con cacareos airados. Por delante de la puerta del granero se paseaba su macho encrestado y gallardo, modelo de buen marido, soldado y gentil caballero, entrechocando las alas bruñidas y cantando orgulloso con todo el ímpetu de su corazón, removiendo a veces la tierra con los espolones antes de alertar con una generosa llamada a su sempiternamente hambrienta familia de polluelos y esposas para que se deleitaran con el último bocado suculento que su señor gallo acababa de desenterrar.

Al maestro se le hacía la boca agua ante semejante promesa de tan suntuosa y lujosa residencia invernal. En su insaciable imaginación, los lechoncillos se le aparecían correteando con una manzana en la boca y la barriga rellena de pudin; los pichones se acostaban en cómodas camas de hojaldre, arropados con cubiertas crujientes; las ocas nadaban en su propia salsa, en tanto los patos se emplataban formando apretadas parejas, como recién casados mimosos, bañados en generosas cucharadas de cebolla caramelizada. Los cerdos adultos se le aparecían ya despiezados en lonchas de tierno tocino y jugosos jamones; ni un solo pavo sobre el que posaba la mirada se libraba de aparecérsele con la molleja aliñada ya bajo el ala, cuando no con ristras de sabrosas salchichas ciñéndole el cuello; y hasta el último gallo yacía inerte de espaldas en una bandeja con los espolones en alto, como si estuviera implorando el cuartel que su espíritu, de natural belicoso, se había negado a pedir siempre en vida.

Mientras un embelesado Ichabod soñaba con todo esto y dejaba que sus grandes ojos verdes merodearan por los fértiles pastos, los abundantes campos de trigo, centeno, alforfón y maíz de las Indias, amén de por los huertos colmados de frutos rubicundos que rodeaban la acogedora mansión de Van Tassel, su corazón suspiraba por la damisela que habría de heredar tales dominios y su imaginación expandía la idea, regodeándose en la facilidad con la que podrían trocarse en dinero en efectivo, dinero que se podría invertir, a la postre, en la adquisición de inmensas extensiones de tierra cultivable y palacios con tejados de madera en la espesura. Es más, su atareada imaginación cumplía ya todos sus deseos y le mostraba a la fecunda Katrina, guarnecida por una tropa de niños, montada en el pescante de una carreta cargada de enseres domésticos, con los bajos jalonados de cazos y sartenes tintineantes, en tanto él se veía montado a lomos de una yegua mansa con un potrillo caminando tras los cascos de esta, cabalgando en dirección a Kentucky, Tennessee... ¡o Dios sabía dónde!

Le bastó con entrar en la casa para que se consumara la conquista de su corazón, pues se trataba de una de esas granjas tan espaciosas, de tejado alto pero aguas escarpadas, construida según el estilo legado por los primeros colonos holandeses; frente a la fachada, los prominentes aleros formaban una plaza diseñada para cerrarse si hacía mal tiempo. De estos socarrenes colgaban mayales, arneses, aperos varios de labranza y redes para pescar en el río que discurría cerca de allí. A los lados se habían instalado unos bancos para su uso en verano; la enorme rueca que había a un lado y la mantequera que se veía al otro evidenciaban los múltiples usos a los que podría consagrarse ese porche fundamental. Y desde esa placita el meditabundo Ichabod entró en el zaguán, el cual se extendía hasta el centro de la mansión y era el lugar más frecuentado de toda la residencia. Una vez allí, lo recibieron numerosas vajillas de peltre dispuestas en filas deslumbrantes en su aparador. En una esquina vio un enorme saco de lana aún sin cardar; en otra, grandes paños de sarga recién salidos del telar; mazorcas de maíz de las Indias y ristras de manzanas y melocotones secos colgaban de las paredes formando alegres festones, entremezcladas con el rojo de lustrosos pimientos. Una puerta entreabierta le permitió asomarse al salón principal, donde resplandecían como espejos las sillas con patas rematadas en zarpas y las mesas de oscura caoba; los caballetes de hierro para la leña, flanqueados por sus correspondientes tenazas y palas, relucían bajo su cubierta de puntas de espárragos; la repisa de la chimenea, sobre la que pendían ristras de huevos de varios colores, estaba decorada con conchas marinas y naranjas de cera; un vistoso huevo de avestruz señoreaba en el centro de la estancia, y las puertas astutamente abiertas de par en par de un armario de esquina exhibían inmensos tesoros de plata vieja y porcelana bien reparada.

Desde el momento mismo en que la mirada de Ichabod se posó sobre tan exuberantes y ricos paisajes fue como si toda su lucidez se desvaneciera, reemplazada por el único objetivo de cautivar el afecto de la hija de Van Tassel, una mujer sin igual. En esta empresa, no obstante, habría de afrontar obstáculos mucho más tangibles que los que solían tener que sortear los caballeros andantes de antaño, quienes rara vez se enfrentaban a algo que no fuesen gigantes, hechiceros, dragones llameantes y otros adversarios igual de fáciles de conquistar antes de trasponer las temibles puertas de hierro y bronce y los inexpugnables muros del castillo en el que languidecía prisionera la amada de sus entretelas, todo lo cual lograban con la tranquilidad de quien se abre paso hasta el corazón de un bizcocho de Navidad antes de que la doncella en cuestión, como no podía ser de otro modo, les concediera su mano. Por el contrario, el corazón hasta el que Ichabod debería abrirse paso pertenecía a una coqueta dama rural instalada en un laberinto de caprichos y antojos que planteaban sin cesar nuevos retos e impedimentos, y su rival era una hueste de temibles adversarios de carne y hueso, los numerosos y rústicos admiradores de su objetivo, quienes plagaban todos los portales que conducían a su corazón y, aunque se vigilaban con celo e ira los unos a los otros, estaban más que dispuestos a hacer causa común para aliarse contra cualquier nuevo competidor.

De los antedichos rivales, el más impresionante era un mozo corpulento, tonante y fornido que respondía al nombre de Abraham o, según la abreviatura holandesa, Brom van Brunt, el héroe de la comarca, donde se ensalzaban sus proezas de fortaleza y vigor. A sus hombros anchos y flexibles articulaciones había que sumar una mata de cabello negro, corto y rizado, y un semblante agreste, aunque en absoluto desagradable, más un aire mezcla de jocosidad y arrogancia. De sus hechuras hercúleas y su agilidad prodigiosa recibía el sobrenombre de Brom Bones, o Huesos, apodo por el que lo conocía todo el mundo. Lo precedía su fama de habilidoso y experto en las artes de la equitación, tan diestro como los tártaros a lomos de una montura. Destacaba en todas las carreras y peleas de gallos y, con la vehemencia que la vida rural le imprime a la fuerza bruta, gustaba de zanjar cualquier disputa dejando su sombrero a un lado para dictar sentencia con unos aires y un tono que no admitían debate ni contradicción. Siempre estaba listo para enzarzarse en una nueva pelea o cualquier travesura, pero su predisposición era más festiva que malintencionada, y pese a su abrumadora rudeza, en el fondo no estaba exento de una acusada predisposición a las bromas más simples y sanas. Se rodeaba de tres o cuatro compañeros de correrías que lo consideraban su modelo digno de imitar, tropa al frente de la cual se dedicaba a recorrer los alrededores siempre en busca de cualquier nueva reyerta o jolgorio que hubiera en unos cuantos kilómetros a la redonda. Cuando el frío arreciaba se distinguía por su gorro de piel, equipado con una ondeante cola de zorro, y cuando los asistentes a cualquier reunión popular divisaban este célebre blasón en la lejanía, brincando en el seno de una batida de briosos jinetes, se aprestaban resignados a capear el temporal que se cernía sobre ellos. En ocasiones se oía a la pandilla galopar a medianoche entre las granjas, profiriendo gritos y vítores como una horda de cosacos del Don, y las mujeres, tras despertarse sobresaltadas, se quedaban escuchando un momento, hasta que el clamor se apagaba, antes de exclamar: «¡Ahí va Brom Bones con su banda!». Los vecinos le dispensaban un trato mezcla de temor, admiración y benevolencia, y cuando en los alrededores se gastaba alguna treta o estallaba alguna pelea, siempre sacudían la cabeza y daban por sentado que Brom Bones estaba detrás.

Hacía tiempo que este héroe intrépido había seleccionado a la hermosa Katrina como blanco de sus agrestes galanterías, y si bien la delicadeza de sus dotes de seducción podría compararse con los mimos y las carantoñas de un oso, se rumoreaba que la muchacha tampoco se esforzaba precisamente por desalentarlo. Lo cierto era que sus avances señalizaban la orden de retirada para los candidatos rivales, quienes no estaban dispuestos a enemistarse con un león encelado, y hasta tal punto era así que, cuando su caballo fue visto amarrado a la estaca de Van Tassel un domingo por la noche, claro indicio de que su dueño estaba cortejando o, como se suele decir, «galanteando», en el interior de la hacienda, todos los demás pretendientes optaron por pasar de largo, desesperados, y llevar la guerra a otros frentes.

Este era el formidable rival con el que debía vérselas Ichabod Crane, un desafío ante el que, bien mirado, alguien más fornido que él se habría achicado, del mismo modo que alguien más sabio seguramente habría preferido renunciar a la competición de antemano. El maestro, empero, poseía una naturaleza en la que se combinaban felizmente la capacidad de adaptación y la perseverancia. Era, por lo tanto, en forma y espíritu, como un bastón de bambú: flexible, pero resistente; aunque se doblaba, no se partía; y aunque la menor presión bastase para combarlo, en cuanto esa desaparecía..., ¡plin...!, volvía a erguirse con la cabeza más alta que nunca.

Enfrentarse en campo abierto a Brom Bones habría sido una locura, pues como Aquiles, colérico amante, su rival no era alguien que se dejase frustrar fácilmente. Ichabod, por consiguiente, imprimió a sus tácticas un carácter insidioso y discreto. Amparado en su faceta de maestro cantor, visitaba con frecuencia la granja, aunque en verdad no tuviera nada que temer de la entrometida interferencia paterna, bache habitual en el camino de tantos enamorados, puesto que Balt van Tassel poseía un alma indulgente; quería a su hija incluso más que a su pipa y, como persona razonable y padre excelente que era, consentía que se saliese con la suya en todo cuanto quisiera. También su sobresaliente esposa tenía bastantes cosas de las que ocuparse, entre el gobierno de la casa y el cuidado de sus aves de corral, pues, como ella misma observaba con enorme sabiduría, mientras que los patos y las ocas carecen de dos dedos de frente y alguien debe velar por su bienestar, todas las jovencitas tendrían que saber valerse por sí solas. De este modo, mientras la atareada dama se ajetreaba en la casa o accionaba su rueca en un extremo de la placita, el honrado Balt se pasaba las tardes fumando una pipa tras otra observando los esfuerzos del pequeño soldado de madera que, armado con un sable en cada mano, combatía valientemente al viento desde la veleta montada en la cúspide del granero. Entretanto, Ichabod seguía cortejando a la hija junto al manantial, bajo el gran olmo, o paseando a la luz del ocaso, esa hora tan favorable para la elocuencia de los enamorados.

Confieso mi ignorancia en lo tocante a los deseos y anhelos del corazón femenino. Para mí han sido siempre fuente de inagotables enigmas y admiración. Algunas parecen tener un punto vulnerable, una suerte de trampilla de acceso, en tanto otras presentan mil vías posibles y de otras tantas formas distintas deben ser abordadas. Conquistar a las primeras requiere unas exhibiciones triunfales de habilidad, pero retener el control de las segundas exige aún mayores dotes de brillante estratega, pues no hay puerta ni ventana en semejante fortaleza donde el aspirante no deba presentar al menos una batalla. Así pues, quienes se ganen mil corazones comunes se harán acreedores de cierto renombre, pero aquel que acabe reinando indisputado sobre el corazón de una coqueta será en verdad un héroe admirable. Lo cierto es que no cabía atribuir ese título al reprochable Brom Bones, cuyo interés decayó rápidamente desde el primer momento en que Ichabod Crane comenzó a desplegar su arsenal: su caballo ya no se veía amarrado a la estaca los domingos por la noche, y entre el preceptor de Sleepy Hollow y él se fue forjando de manera paulatina una enemistad sin cuartel.

Brom, cuya naturaleza no estaba exenta de cierta agreste hidalguía, seguramente habría elevado el asunto a la categoría de guerra declarada y habría zanjado sus respectivas pretensiones sobre la muchacha siguiendo el ejemplo de los pensadores más simples y concisos de todos, los caballeros andantes de antaño. Habría retado a duelo a su rival, pero Ichabod era demasiado consciente de la superioridad física de su adversario como dejarse arrastrar a un combate contra él. En cierta ocasión le había oído decir a Bones que pensaba «plegar a ese maestrillo por la mitad como si de un libro se tratase y dejarlo así doblado en una de las estanterías de su propia escuela» y no estaba dispuesto concederle la oportunidad de cumplir su amenaza. Su método, obstinadamente pacífico, tenía algo de provocador en exceso, pues no le dejaba a Brom otra alternativa que recurrir a las reservas de rústica bravuconería que tenía a su disposición y someter a su rival a una hueste de burdas inocentadas. Ichabod se convirtió en el blanco de una persecución arbitraria por parte de la banda de Bones y de sus bárbaros corifeos. Asolaban sus hasta entonces tranquilos dominios: taponaron la chimenea para llenar la escuela de humo; se colaron en el edificio de noche, pese a la trenza de mimbre y las estacas en las ventanas que componían sus formidables defensas, y lo pusieron todo patas arriba. De ese modo, lograron que el pobre docente comenzara a pensar que todas las brujas de la nación celebraban sus aquelarres allí. Pero lo más irritante de todo era que a Brom le dio por aprovechar la menor ocasión para ridiculizarlo en presencia de su amada. Tenía un perro callejero al que enseñó a gañir de la forma más absurda y se lo presentó a la muchacha como rival del maestro de canto, para que le diera clases de salmodia en lugar de Ichabod.

La situación se prolongó durante algún tiempo sin surtir ningún efecto palpable sobre la situación relativa de los contendientes. Una apacible tarde de otoño, Ichabod, pensativo, se encontraba sentado en el trono desde el que solía vigilar todos los asuntos relativos a su humilde reino literario. En su mano se mecía la férula, ese cetro que simboliza el poder de los déspotas; tras el trono, apoyada en tres clavos, reposaba la vara de la justicia, azote constante de los malhechores; y encima de la mesa ante él se desplegaba un opulento surtido de armas prohibidas y artículos de contrabando, encontradas sobre la persona de malandrines ociosos, como manzanas mordisqueadas, tirachinas, peonzas, grilleras y legiones enteras de rampantes gallitos de pelea de papel. Al parecer, no hacía mucho debía de haberse aplicado algún castigo tan sobrecogedor como justo, sin duda, pues todos sus discípulos tenían la mirada disciplinadamente fija en los libros; eso, cuando no conspiraban de manera disimulada, parapetados tras ellos, sin perder de vista al maestro. En el aula se respiraba una suerte de calma cargada de tensión, en definitiva, calma interrumpida de improviso por la aparición de un negro ataviado con chaqueta y pantalones de cáñamo, la corona de un bombín por sombrero, como el casco de Hermes, y por montura un potro a medio domar, desgreñado y feroz, que gobernaba con un trozo de cuerda por riendas. Se presentó alborotando en la puerta de la escuela con un mensaje para Ichabod, el cual estaba invitado a asistir a la fiesta, celebración o «encuentro social» que tendría lugar esa noche en la residencia de *mynheer* Van Tassel. Una vez hubo anunciado la nueva con ese aire de relevancia, amén de esfuerzo en la dicción, que la gente de color acostumbra a exhibir en el desempeño de semejantes labores, se alejó al galope, cruzó el arroyo de un salto y se perdió de vista por la hondonada, henchido aún por la importancia y la urgencia de su misión.

El silencio propio de las últimas horas de la tarde en la escuela se trocó en tumulto y bullicio. Los alumnos recibieron

la orden de hacer sus ejercicios sin entretenerse con zaranda-
jas; los más despiertos se saltaron la mitad con impunidad, en
tanto los menos espabilados recibían algún que otro pesco-
zón con el que avivar el paso o encontrar la inspiración necesaria para resolver las palabras más complicadas. Los libros
se dejaron de lado sin devolver a sus estanterías, se derrama-
ron tinteros, volcaron las sillas y todas las clases concluyeron
una hora antes de lo habitual. En ese momento, los jóvenes
discípulos salieron en desbandada como una legión de diabli-
llos, chillando y haciendo cabriolas por los pastos exultantes
de gozo por lo prematuro de su liberación.

Acto seguido, el gallardo Ichabod dedicó al menos media
hora extra a sus abluciones antes de cepillar y alisar el mejor,
si no el único, de sus trajes apizarrados antes de arreglarse los
rizos frente al trozo de espejo roto que colgaba en una de las
paredes del aula. A fin de presentarse ante su amada con el
estilo de un auténtico caballero, le pidió prestado un caballo
al granjero que lo hospedaba, un holandés anciano y colérico
que respondía al nombre de Hans van Ripper, y así, a lomos de
su noble montura, emprendió la marcha como un caballero
errante en busca de aventuras. Mas si quiero ser fiel al espíritu
de las historias románticas, no puedo por menos de detener-
me en el aspecto y los arreos de nuestro héroe y su corcel. El
animal sobre el que iba sentado a horcajadas era un rocín de
labranza adiestrado hacía ya muchos años, tiempo durante el
que había conseguido sobrevivir a todo salvo su talante cruel.

Era enjuto y desgarbado, con el cuello de gato y la cabeza como una mandarria; una colección de erizos jalonaba su crin y su cola oxidadas, sendas marañas de nudos tenaces; había perdido la pupila en un ojo, espectral y vidrioso, pero el otro retenía un destello de genuina maldad. Pese a todo, debía de haber tenido temple y brío en su día, habida cuenta de que ostentaba el nombre de Gunpowder, o Pólvora. Lo cierto era que había sido el corcel favorito de su propietario, el beligerante Van Ripper, que era un jinete fogoso y muy probablemente le habría transmitido una parte de su genio al animal, puesto que, pese a su estampa desmañada y ajada, albergaba en su seno una perfidia soterrada sin parangón entre los potrancos más jóvenes de la comarca.

La figura de Ichabod no desentonaba con la del caballo. Montaba con los estribos cortos, postura que le dejaba las rodillas prácticamente a la altura del puño de la silla; sus codos afilados sobresalían como las articulaciones de un saltamontes; portaba la fusta perpendicular en su mano, como si de un cetro se tratara, y con el compás de los pasos del noble bruto, el vaivén de sus brazos apenas si se distinguía del batir de un par de alas. Un pequeño gorro de lana descansaba sobre el nacimiento de su nariz, pues así se podría llamar la escasa franja de piel que tenía por frente, y los faldones de su abrigo negro se mecían casi al mismo ritmo que la cola del rocín. De esa guisa traspusieron Ichabod y Pólvora las puertas de la propiedad de Van Ripper. Formaban en su conjunto una de esas apariciones con las que sería inusitado cruzarse a plena luz del día.

Como ya he mencionado, había sido una apacible tarde de otoño; el cielo se mostraba aún limpio y sereno, y la naturaleza se cubría con esa suntuosa librea dorada que tiende a asociarse con el concepto de la abundancia. Los bosques se habían vestido de sobrio marrón y amarillo, si bien las heladas pintaban algunos de los árboles de constitución más enclenque en brillantes tonos de naranja, escarlata y morado. En las alturas comenzaban a dejarse ver formaciones de patos salvajes, las ardillas correteaban entre los macizos de abedules y nogales, y en el campo de rastrojos vecino se oía cuchichiar pensativas a las perdices.

Las avecillas más pequeñas, que terminaban de dar cuenta de sus banquetes de buenas noches, se dejaban llevar por el alborozo de los festejos y aleteaban, trinaban y revoloteaban de árbol en árbol y de arbusto en arbusto, caprichosas ante la abundancia y profusión que las rodeaba. Allí estaba el franco zorzal, blanco predilecto del cazador incipiente, con sus notas quejumbrosas; allí los mirlos escandalosos, volando en nubes de azabache; allí el pájaro carpintero de alas doradas, pecho carmesí y amplio y negro gorjal, tan espléndido como siempre con su plumaje; allí el pito cano, tan roja la punta de sus alas como amarilla la de su cola, con su coqueto penacho de plumas; allí el arrendajo lenguaraz, siempre tan vanidoso, de blancas calzas y casaca celeste, parloteando y chillando, asintiendo, cabeceando y meciéndose, fingiendo, en definitiva, ser uña y carne con todos los cantores del claro.

Conforme Ichabod avanzaba de ese modo, sin prisa, su mirada, siempre atenta al menor síntoma de abundancia culinaria, reparó con deleite en los tesoros del fructífero otoño. Por todas partes se veían inmensas reservas de manzanas: algunas colgaban en sus ramas con opulencia opresiva; algunas se acumulaban en cestos y barriles listos para ir al mercado; otras se apilaban en deliciosos montones destinados a la prensa para la sidra. A lo lejos se divisaban grandes campos de maíz de las Indias, con sus mazorcas doradas que sobresalían de entre las vainas frondosas e insinuaban la promesa de futuros bizcochos y púdines. A los pies de esos tallos, las calabazas amarillas exponían sus vientres orondos al sol, lo que auguraba sin disimulo las tartas más suculentas. Más allá, pasó por delante de los fragantes sembrados de alforfón, que exudaban el perfume de las colmenas. Al contemplarlos, su mente se vio arrebatada por la dulce anticipación de esponjosas tortitas bien untadas con mantequilla, o aderezadas con miel o sirope, por la delicada mano enjoyada de hoyuelos de Katrina van Tassel.

Cebando de ese modo su imaginación con infinidad de apetitosas ideas y «edulcoradas fabulaciones», su trayecto lo llevó a recorrer las faldas de una sucesión de colinas con vistas a algunos de los paisajes más espectaculares del poderoso Hudson. El sol sumergía de manera paulatina su orbe señorial en poniente. El portentoso ensanche del Tappan Zee se mostraba cristalino y sereno, con la excepción hecha de ocasionales y calmas ondulaciones cuya agitación prolongaba la sombra azul de la montaña lejana. En el cielo flotaban unas pocas nubes de ámbar, y no soplaba ningún aire que las perturbara. El horizonte ofrecía un delicado tinte áureo que daba paso de manera gradual al más puro verde laurel, y de ahí a ese azul tan oscuro del firmamento crepuscular. Un haz sesgado se demoraba sobre las crestas arboladas de los precipicios que techaban algunos tramos del río, lo que imprimía aún más profundidad a los oscuros púrpuras y grises de sus fachadas rocosas. Un balandro languidecía a lo lejos, y se dejaba llevar por la parsimoniosa corriente, rendida de manera ociosa contra el palo su vela. Cuando el reflejo del cielo relucía en las aguas tranquilas, se diría que la embarcación navegaba suspendida en el aire.

Anochecía cuando Ichabod llegó al castillo de *heer* Van Tassel, quien lo recibió abarrotado con la flor y nata de la comarca adyacente. Hacendados ancianos, una casta en declive de facciones curtidas, ataviados con abrigos y pantalones tejidos en casa, medias azules, zapatos enormes y magníficas hebillas de peltre. Sus vivaces aunque apergaminadas señoras, tocadas con corros de pliegues apretados, trajes cortos de talle alto, corpiños de confección propia, elaborados con sus propias tijeras y alfileteros, con vistosos bolsillos de percal que colgaban por fuera. Exuberantes y lozanas sus hijas, tan chapadas a la antigua como las madres, salvo por el ocasional sombrero de paja, cinta refinada o falda blanca, quizá, que denotaba los síntomas de una innovación más urbana. Y en cuanto a los hijos, con sus chaquetas cortas de vuelo cuadrado, tachonadas por hileras de estupendos botones de bronce, estos llevaban el pelo estilado, por lo general, en consonancia con los gustos de la época, sobre todo los que se podían permitir los ungüentos de piel de anguila que, por lo que se rumoreaba a lo largo y ancho de la nación, constituían un tónico capilar de cualidades reparadoras y reconstituyentes simpar.

El protagonista de la ocasión, sin embargo, no era otro que Brom Bones, quien había llegado al ágape a lomos de su corcel favorito, Daredevil, o Temerario, una criatura, al igual que él, rebosante de temple y mal genio, y que era ingobernable por cualquier otra mano que no fuera la suya. Tenía fama, en verdad, de sentir predilección por los animales más feroces, cuyo carácter avieso obligaba al jinete a estar siempre atento para no desnucarse, pues, en su opinión, los caballos dóciles y desfogados eran indignos del espíritu brioso de la juventud.

Me detendré con gusto a explorar todo el catálogo de placeres que asaltó los embelesados ojos de nuestro héroe al entrar en el majestuoso salón de la mansión de Van Tassel. No solo por la multitud de exuberantes doncellas, con su suntuoso despliegue de rojos y blancos, sino también por la irresistible seducción de una genuina mesa campestre holandesa en los propicios tiempos de otoño. ¡Qué de bandejas rebosantes de pasteles de innumerables y casi indescriptibles estilos, reservados tan solo para las expertas amas de casa holandesas! Allí estaban las roscas esponjosas, allí el tierno *oly kaek*, allí el *cruller* de migas crujientes; allí dulces tartas y merengues, de miel, jengibre y todo el panteón de sabores. Y allí estaban también las tartas de manzana, de calabaza, de melocotón, acompañando a las tajadas de fiambre y ternera ahumada; allí, más aún, estaban los apetitosos platos de ciruelas, melocotones, peras y membrillos confitados. Todo eso, por no hablar de los arenques ahumados, los pollos asados y los tazones de leche y nata, entremezclados en apretada armonía, prácticamente tal y como aquí se ha enumerado, con una maternal tetera humeante que proyectaba nubes de vapor en su seno... ¡Bendito sea el cielo! Me llevaría una eternidad hacerle justicia a semejante banquete, pero me puede la impaciencia por continuar con mi historia. Por suerte, Ichabod Crane no compartía la premura de este humilde narrador, y le hizo auténtica justicia a cada bocado.

Era una persona agradecida y afable cuyo corazón se dilataba en la misma proporción que su estómago al llenarse de tiernos manjares; comer le exaltaba el espíritu, como les ocurre con la bebida a otros hombres. Tampoco pudo evitar, con los grandes ojos verdes vagando a su alrededor mientras deglutía, que se le escapara una risita al imaginarse como dueño y señor, algún día, de una incomparable escena de lujo y esplendor como la que tenía ante sí. Con qué presteza, pensó, le daría la espalda a la vieja escuela; chasquearía los dedos delante de las narices de Hans van Ripper y de cualquier otro acaudalado usurero y echaría a patadas a todos los maestrillos itinerantes que llegasen de fuera dispuestos, en su osadía, a tratarlo como a un igual.

El viejo Baltus van Tassel se paseaba entre los invitados con la sonrisa ensanchada por la satisfacción y el buen humor, tan jovial y orondo como la luna llena. Sus atenciones hospitalarias eran escuetas pero expresivas, y se limitaban al apretón de una mano, a una palmada en el hombro, a una carcajada estentórea y a la acuciante invitación a «servíos lo que queráis, por favor».

Y entonces, unas notas melodiosas procedentes de la cámara común, o salón, señalaron el inicio del baile. El violinista era un anciano canoso y de color que durante más de medio siglo había acompañado a la orquesta itinerante de la comarca. Su instrumento, como él, se veía viejo y ajado. Durante la mayor parte del tiempo se dedicaba a rasguear dos o tres cuerdas. Acompañaba cada movimiento del arco con una inclinación de cabeza, se agachaba hasta tocar casi el suelo, y marcaba el compás con el pie cada vez que una nueva pareja salía a la pista.

Ichabod se preciaba de sus dotes para la danza casi tanto como de la potencia de sus cuerdas vocales. Ni un cabello, ni una sola fibra de su ser permanecía en reposo. Al ver su descoyuntada figura en movimiento, haciendo cabriolas por toda la habitación, cabría pensar que el mismísimo san Vito, santo patrón de la danza, actuaba solo para sus ojos. Era el objeto de admiración de los negros de todas las edades y tamaños allí presentes. Habían acudido de la misma granja y de los alrededores, y formaban una pirámide de relucientes rostros en todas las puertas y ventanas. Asistían con deleite a la escena, ponían los grandes ojos en blanco y exhibían sus amplias hileras de marfil cegador en sus sonrisas de oreja a oreja. ¿Cómo era posible que aquel azote de púberes granujas se mostrara tan animado y vivaz? Porque la dama de sus sueños era su pareja de baile y reaccionaba con educadas sonrisas a todos sus fervientes desvelos, en tanto Brom Bones, amargamente transido de amor y de celos, debía conformarse con sentarse enfurruñado en una esquina apartada.

Cuando el baile hubo acabado, Ichabod fue captado por un corrillo de gentes más veteranas, quienes, con el viejo Van Tassel, habían salido a fumar a un rincón de la plaza, donde ahora cotilleaban acerca de los tiempos pasados y desgranaban historias interminables sobre la guerra.

Esta localidad, en los tiempos a los que me refiero, era uno de esos lugares privilegiados donde abundan las crónicas de grandes figuras. Las columnas británicas y americanas habían desfilado por igual cerca de allí durante el conflicto, lo que explicaba que hubiera acogido múltiples oleadas de refugiados y de vaqueros, y servido de escenario para infinidad de incursiones y toda suerte de rivalidad fronteriza. Ya había transcurrido el tiempo necesario para que cada nuevo narrador engalanara sus anécdotas con unas gotas de seductora ficción y, merced a la caprichosa imparcialidad de la propia memoria, se convirtiera en el héroe de toda epopeya.

Allí estaba la historia de Doffue Martling, un corpulento holandés de barbas azules que habría hundido una fragata británica con sus propias manos y la ayuda de un viejo cañón de hierro de nueve libras instalado en un parapeto de barro de no ser porque la batería reventó antes de que atronara la sexta descarga. Y allí estaba también la historia de un caballero que habrá de permanecer en el anonimato, dado que era un *mynheer* demasiado importante como para dar su nombre auténtico a la ligera, el cual había frenado una bala de mosquete con el espadín, tan afilado que oyó cómo el proyectil silbaba al deslizarse sobre la hoja por ambos lados y se partía por la mitad antes de rebotar en la empuñadura. Tan digno narrador subrayaba la teórica veracidad de su ditirambo particular enseñándole (a quien quisiera verla) la espada en cuestión, cuya guarda aún se veía un poco torcida. Muchos de aquellos hombres habían demostrado un valor similar en el frente, y hasta el último de ellos albergaba el más íntimo convencimiento de que había sido su intervención personal, y no otra causa, la única responsable del final feliz de aquella contienda.

Mas todas estas anécdotas palidecían ante los cuentos de fantasmas y de apariciones que las siguieron. La comarca es rica en tesoros legendarios de ese cariz, pues las historias populares y las supersticiones prosperan como en ningún otro sitio en estos refugios apartados, colonizados hace ya tanto tiempo, en tanto sucumben pisoteadas por las turbas arrolladoras que constituyen la población de la inmensa mayoría de nuestras grandes ciudades. Además, en estas a los espectros les cuesta encontrar la motivación necesaria para manifestarse, ya que apenas si les ha dado tiempo a terminar el primer sueño y darse la vuelta en su tumba cuando sus amigos supervivientes ya han emigrado del barrio, por lo que, cuando salen para hacer sus rondas nocturnas, carecen de familiares y de conocidos ante los que aparecerse. Quizá sea este el motivo de que tan rara vez oigamos hablar de fantasmas si no es en el seno de nuestras bien asentadas comunidades holandesas.

No obstante, la causa inmediata de la prevalencia de historias sobrenaturales en estos pagos se debe sin la menor duda a la influencia de la hondonada de Sleepy Hollow. Flotaba en el aire un contagio que emanaba de esa región embrujada y generaba un ambiente propicio para las fantasías y ensoñaciones que infectaban toda la tierra. Algunos habitantes de Sleepy Hollow estaban presentes en la mansión de Van Tassel y, como era habitual, se recreaban en sus descabelladas y prodigiosas leyendas. Se contaron innumerables relatos sobre cortejos fúnebres, sobre luctuosos gritos y aullidos que se escuchaban en torno al gran árbol que se alzaba en los alrededores, en cuyas ramas había terminado sus días el desventurado comandante André. También se hizo alguna mención a una mujer vestida de blanco que moraba en el lúgubre valle de Raven Rock, cuyos gritos era frecuente oír en las noches de invierno antes de que se desatara una tormenta, y había fallecido allí mismo, sepultada bajo la nieve. El grueso de las historias, empero, giraba en torno al espectro favorito de la hondonada, el Jinete sin Cabeza, al que de un tiempo a esa parte se había avistado varias veces patrullando la zona y, por lo que contaban, amarraba su caballo todas las noches entre las tumbas del cementerio.

Se diría que las almas en pena sentían una predilección especial por la recogida ubicación de esta iglesia que se alza en un cerro rodeado de acacias blancas y olmos altivos desde el que sus vistosos muros encalados proyectan un tímido resplandor, como si la pureza cristiana se abriera paso entre las sombras de su retiro. Desde el edificio desciende una suave pendiente cuyo pie linda con un plateado curso de agua ribeteado de árboles majestuosos entre los que se vislumbran las colinas azules del Hudson. Al contemplar sus terrenos crecidos de hierba, donde los rayos de sol parecen dormitar con placidez, cualquiera creería que allí, por fin, los difuntos deberían ser capaces de descansar en paz. A un lado de la iglesia se abre un amplio valle frondoso por cuyas quebradas discurre un riachuelo entre rocas y troncos de árboles caídos. Sobre un tramo sombrío de dicho arroyo, no muy lejos de la iglesia, se extendía un puente de madera; la carretera que conducía hasta él, así como la misma estructura, quedaban ocultas parcialmente por el dosel que formaban las copas de los árboles que allí se agolpaban, sumiéndolas en una intensa penumbra incluso durante las principales horas del día, penumbra que se trocaba en temible oscuridad por la noche. Esa era una de las moradas favoritas del Jinete sin Cabeza, y también el lugar donde era más habitual encontrarlo. Contaban que el viejo Brouwer, un hereje impenitente que no creía en fantasmas, a su regreso de una breve incursión en Sleepy Hollow se había tropezado con el espectro y había cabalgado tras él; cómo galoparon sobre matorrales y arbustos, por montes y ciénagas, hasta llegar a aquel puente, momento en el que el Jinete sin Cabeza se transformó en esqueleto de súbito, arrojó al viejo Brouwer al río y se alejó volando sobre las copas de los árboles con el estampido de un trueno.

Esta historia fue igualada de inmediato por la doblemente prodigiosa aventura de Brom Bones, quien se burló del Hessiano Galopante poniendo en tela de juicio sus dotes ecuestres, pues afirmaba que, una noche que regresaba de la localidad vecina de Sing, el fantasmagórico soldado lo había adelantado y él se ofreció a invitarlo a un trago de ponche si lo vencía en una carrera. Sin duda, Bones habría ganado esa carrera, pues Temerario demostró ser mucho más veloz que la montura del espectro, pero, cuando ya estaban llegando al puente de la iglesia, el hessiano dio media vuelta y se desvaneció envuelto en un fogonazo.

Todas estas anécdotas, narradas en ese tono pausado con el que los hombres hablan en la oscuridad, con el rostro de los oyentes iluminado por el resplandor ocasional de sus pipas, calaron muy hondo en la mente de Ichabod, que reaccionó a ellas citando extensos párrafos de su autor de referencia, Cotton Mather, y enumerando los múltiples sucesos inexplicables que habían tenido lugar en Connecticut, su estado natal, amén de las sobrecogedoras experiencias que él mismo había vivido en el transcurso de sus caminatas nocturnas por Sleepy Hollow.

De manera paulatina, la fiesta iba tocando a su fin. Los veteranos hacendados reunieron a sus familias en sus carromatos, y durante un buen rato se oyó cómo estos traqueteaban por las carreteras de la hondonada y las colinas lejanas. Algunas de las damiselas montaban en sillines abrazadas a la espalda de sus pretendientes favoritos, y su risa cantarina, entremezclada con el martilleo de los cascos, resonaba en los bosques silentes, despertando ecos cada vez más tenues hasta terminar apagándose por completo, dejando desierto y en calma el intempestivo escenario de aquella bulliciosa y alegre celebración. Tan solo Ichabod se demoraba todavía, fiel a la costumbre de los enamorados rurales, con la intención de hablar cara a cara con la heredera, plenamente convencido ya de que el éxito lo esperaba al final de su camino. Omitiré lo que se dijeron en el transcurso de esa conversación, pues lo cierto es que lo ignoro. Me temo, sin embargo, que algo debió de torcerse, pues el maestro partió no mucho después envuelto en un aura de abatimiento y desolación. ¡Ay, las mujeres! ¡Mujeres! ¿Sería posible que la muchacha hubiese puesto en práctica cualquiera de sus múltiples artes de coqueta? ¿Era acaso el aliento que parecía insuflarle al pobre Ichabod un mero ardid para garantizar la conquista de su rival? ¡Tan solo el cielo lo sabe, no yo! Baste decir que Ichabod se alejó de allí con el aire de quien, más que cortejar a una doncella, se ha colado a hurtadillas en un gallinero y ahora trata de escabullirse con su botín sin que nadie lo vea. Sin mirar a izquierda o derecha para recrearse con aquella estampa de rústica opulencia, protagonista en tantas ocasiones de sus fantasías, acudió directamente al establo y, a fuerza de empellones y puntapiés, sacó con bruscos modales a su rocín del acogedor redil en el que el animal dormía profundamente, soñando sin duda con montañas rebosantes de avena y maíz, y valles enteros poblados de trébol y fleo.

Aquella noche era la hora bruja y no otra cuando Ichabod, deprimido y apesadumbrado, puso rumbo a casa siguiendo las crestas de las altivas colinas que señorean sobre Tarrytown, las mismas que aquella tarde había hollado con alborozo. Tan funesta como su estado de ánimo era la hora. Lejos, a sus pies, el Tappan Zee desplegaba su umbrío y neblinoso abanico de aguas, sobre las que descollaba a intervalos el palo mayor de algún balandro fondeado con placidez en los bajíos frente a la orilla. La queda serenidad de la medianoche permitía oír incluso los ladridos de algún perro guardián procedentes de la ribera opuesta del Hudson, aunque tan tenues y vagos que resultaba imposible precisar la distancia exacta que separaba al maestro de ese leal compañero de hombre. También a intervalos sonaban muy lejanos los cantos sostenidos de un gallo, despertado por accidente en alguna granja oculta entre las colinas, cantos que resonaban como un sueño impreciso en los oídos de Ichabod. Los únicos indicios de vida que se intuían en las inmediaciones se limitaban al melancólico estridular de los grillos y el croar gutural de algún sapo apostado en la charca vecina, como si la criatura se sintiera incómoda y se estuviera revolviendo en la cama.

Todas las historias de fantasmas y duendes que había escuchado a lo largo de la velada afloraron ahora de golpe a su pensamiento. La noche se volvía cada vez más cerrada y las estrellas daban la impresión de hundirse en el firmamento, eclipsadas por nubes pasajeras que ocasionalmente las ocultaban a su mirada. Nunca se había sentido tan solo y desamparado. Se acercaba, por cierto, al mismo lugar que servía de escenario a muchas de las historias de fantasmas que había escuchado. En el centro de la carretera se alzaba un tulípero enorme que sobresalía como un gigante por encima de los demás árboles de los alrededores y formaba una especie de punto de referencia. Sus ramas, fantásticas y retorcidas, lo bastante grandes como para servir de tronco a cualquier árbol corriente, descendían contorsionándose casi hasta el suelo antes de volver a elevarse en el aire. Estaba relacionado con la trágica historia del malogrado André, al que habían hecho prisionero cerca de allí, y todos lo conocían por el nombre del Árbol del comandante André. Inspiraba a las gentes sencillas una mezcla de respeto y superstición, en parte por el conmovedor destino del desventurado personaje del que tomaba su nombre y en parte por las extrañas visiones y los escalofriantes lamentos que, según se contaba, podían experimentarse en sus inmediaciones.

Ichabod comenzó a silbar al acercarse a ese árbol temible; le pareció que alguien respondía al sonido, pero solo era un brusco soplo de brisa que se deslizaba entre las ramas secas. Al acercarse un poco más, sin embargo, le pareció ver algo de color blanco que colgaba en el centro del árbol: hizo una pausa y dejó de silbar, pero, al mirar con más detenimiento, descubrió que se trataba de una marca que había dejado algún rayo que se había abatido sobre el árbol, desgajando la pálida corteza. Oyó un gemido inesperado, le castañetearon los dientes y sus rodillas tamborilearon contra la silla: pero solo eran dos grandes ramas que se frotaban la una contra la otra, mecidas por la brisa. Dejó el árbol atrás, sano y salvo, pero lo aguardaban nuevos peligros.

Unos doscientos metros más adelante discurría un pequeño arroyo que cruzaba la carretera para internarse en un valle cenagoso y agreste, conocido por el nombre de pantano de Wiley. Unos cuantos troncos sin desbastar, colocados lado con lado, servían de puente para sortearlo. En el lado de la carretera donde el arroyo se adentraba en la espesura, un grupo de nogales y robles, envueltos en recios mantos de parras silvestres, proyectaba una sombra cavernosa sobre el puente. Pasar por él era la prueba más difícil de todas, pues exactamente allí habían capturado al desafortunado André, y al amparo de aquellos nogales y parras se habían colocado al acecho los guardias reales que lo sorprendieron. Desde entonces se consideraba que el arroyo estaba encantado, y solo con mucha aprensión se atreven los escolares a pasar por allí tras la puesta de sol.

Conforme se acercaba al arroyo, el corazón de Ichabod empezó a latir más deprisa en su pecho; se armó de valor, sin embargo, descargó media docena de rodillazos sobre las costillas de su montura e intentó cruzar el puente lo más deprisa posible, pero en vez de avanzar hacia delante, el perverso y viejo animal hizo un movimiento lateral y se estrelló de costado contra la barandilla. Ichabod, cuyos temores se intensificaban con la tardanza, tiró de las riendas hacia el lado contrario y pateó generosamente al animal con el otro pie: todo era en vano; el rocín reanudó la marcha, cierto, pero solo para salirse de la carretera por el otro lado, maniobra que lo introdujo en un macizo de zarzas y alisos. El maestro aplicó ahora toda la furia de su fusta y sus talones sobre los magros flancos de Pólvora, que salió disparado hacia delante, resoplando y piafando, pero solo para detenerse junto al puente una vez más, tan de sopetón que su jinete estuvo a punto de salir volando sobre su cabeza. En ese preciso instante, a los agudos oídos de Ichabod llegó un chapoteo que sonaba cerca del puente. Entre las caliginosas tinieblas de la arboleda, en la orilla del arroyo, divisó una silueta enorme, deforme y amenazadora. Aunque no se movía, daba la impresión de estar agazapada en las sombras, como un monstruo gigantesco listo para abalanzarse sobre el primer incauto que se cruzara en su camino.

Al sobrecogido maestro se le pusieron los pelos de punta. ¿Qué podía hacer? Ya era demasiado tarde para dar media vuelta y huir. Además, ¿cómo burlar a un espectro u otra criatura sobrenatural, si de eso se trataba, capaz de cabalgar en alas del viento? Por consiguiente, dio muestras de una ímproba demostración de coraje y preguntó con voz trémula:

—¿Quién eres?

No obtuvo respuesta. Repitió la pregunta, aún más agitado que antes. Ni siquiera entonces recibió contestación alguna. Aporreó una vez más los flancos del inflexible Pólvora y, cerrando los ojos, entonó un himno con involuntario fervor. El sombrío objeto de alarma se puso en marcha justo en ese momento y, de una zancada y un salto, se plantó en el centro de la carretera acto seguido. Aunque la noche era lúgubre y cerrada, aún se podía atisbar hasta cierto punto la silueta del desconocido. Parecía tratarse de un jinete de grandes dimensiones, montado a lomos de un corcel negro de poderosa figura. Se mantuvo altivo a un lado de la carretera, sin importunar ni saludar con palabra alguna, trotando un poco por detrás de Pólvora, que ya se había repuesto del susto y se mostraba más dócil.

Ichabod, a quien no le complacía proseguir su camino escoltado por tan siniestra compañía, se acordó entonces del encuentro con el Hessiano Galopante que había tenido Brom Bones y azuzó a su rocín con la esperanza de alejarse del extraño. Este, sin embargo, se limitó a igualar su paso. Ichabod aminoró la marcha casi hasta detenerse del todo con la intención de quedarse rezagado..., pero el otro hizo lo mismo. Notó una opresión en el pecho; decidió retomar las entonaciones del himno, aunque, con la lengua seca pegada al paladar, fue incapaz de formular ni una octava. Había algo de misterioso y sobrecogedor en el silencio taciturno y obstinado de su pertinaz acompañante. El enigma, empero, no tardó en resolverse. Al remontar una elevación del terreno, la figura de su escolta se recortó contra el cielo, gigantesca en su altura y embozada en su capa..., ¡y un Ichabod horrorizado comprobó que al desconocido le faltaba la cabeza! ¡El pavor que lo atenazaba aumentó al reparar en que la cabeza que debería haber estado sobre sus hombros viajaba delante de él, apoyada en el puño de la silla! El terror dio paso a la angustia; Ichabod descargó una tormenta de patadas y golpes sobre Pólvora, esperando que lo inesperado de la maniobra le permitiera burlar a su acompañante, pero el espectro partió sin demora al galope tras él. Así devoraban la distancia, con las piedras del camino volando en todas direcciones mientras ambos jinetes levantaban chispas a su alrededor. El atuendo de Ichabod ondeaba y restallaba tras él, quien, con las prisas por escapar, había extendido el cuerpo largo y desgarbado sobre la cabeza de su caballo.

Habían llegado ya al desvío de Sleepy Hollow, pero Pólvora, que parecía poseído por un demonio, en lugar de seguir la carretera, giró en la dirección opuesta y se lanzó desbocado por la ladera que descendía a su izquierda. Esta carretera pasa por una hondonada arenosa jalonada de árboles que se extiende durante unos cuatrocientos metros, hasta llegar al puente protagonista de tantas historias de duendes, y justo al otro lado se yergue el cerro frondoso que sirve de base a la iglesia encalada.

Por el momento, el pánico del rocín le había proporcionado una ventaja aparente a su poco habilidoso jinete, pero aún no habían terminado de cruzar la hondonada cuando las cinchas se soltaron e Ichabod notó que la silla se escurría debajo de él. La agarró por el puño e intentó mantenerla firme, pero todo fue en vano. Apenas si le había dado tiempo a salvarse abrazándose al cuello del viejo Pólvora cuando la silla se desplomó en la tierra y oyó cómo la pisoteaban los cascos de su perseguidor. Por un instante se le pasó por la cabeza la ira de Hans van Ripper..., pues era su silla de los domingos, pero ese no era el momento de detenerse en miedos insignificantes. La aparición le pisaba los talones, y a él (¡con lo inhábil que era como jinete!) bastante trabajo le costaba ya sostenerse en la grupa, pues se deslizaba ora hacia un lado, ora hacia el otro, cuando no daba respingos sobre las escarpadas crestas de la cordillera que formaba el espinazo de su rocín con una violencia que le hacía temer que acabara hendido por la mitad.

Un hueco entre los árboles lo animó con la esperanza de que el puente de la iglesia ya no estuviera muy lejos. El reflejo ondulante de una estrella plateada en el seno del arroyo le indicó que no se equivocaba. Vio los muros de la iglesia a lo lejos; relucían pálidamente. Recordó el lugar donde el fantasmagórico competidor de Brom Bones se había esfumado. «Si consigo llegar a ese puente —pensó Ichabod—, estaré a salvo». En ese momento oyó que el corcel negro resollaba y resoplaba muy cerca, a su espalda; le pareció incluso notar su aliento caliente. Otra patada convulsa en las costillas y Pólvora tomó el puente de un salto, las tablas resonaron bajo sus cascos y cruzó al otro lado. Solo entonces se atrevió Ichabod a girarse para ver si su perseguidor se había esfumado, como mandaban los cánones, en una nube de fuego y azufre. En cambio, vio al espectro alzarse sobre los estribos, como si se estuviera preparando para lanzarle la cabeza. Ichabod intentó componérselas para esquivar el macabro misil, pero demasiado tarde. Impactó en su cráneo con un fuerte estampido y lo arrojó de bruces al polvo, en tanto Pólvora, el corcel negro y el jinete fantasma pasaban silbando por su lado como un torbellino.

A la mañana siguiente encontraron al viejo caballo desensillado y con la brida a los pies, tascando la hierba junto al portón de su amo con gesto sombrío. Ichabod no acudió a desayunar; llegó la hora de la cena, pero no Ichabod. Los chiquillos se congregaban en la escuela y deambulaban ociosos por las orillas del arroyo sin que su maestro diera señales de vida. Hans van Ripper comenzó a temer por la suerte que pudiera haber corrido el bueno de Ichabod, además de su silla. Se organizó una batida de búsqueda, y tras efectuar diligentes pesquisas se encontraron sus huellas. En una orilla de la carretera que conducía a la iglesia apareció la silla pisoteada en el polvo; las marcas de los cascos de los caballos dibujaban hondas muescas en el camino, señal de que alguien había pasado por allí a velocidades de vértigo, y llegaban hasta el puente, al otro lado del cual, en la margen de un tramo donde se ensanchaba el riachuelo, las aguas discurrían profundas y negras. Allí se dio con el sombrero del infortunado Ichabod, muy cerca de los restos de una calabaza reventada.

Aunque se inspeccionó el arroyo, nadie pudo descubrir el cuerpo del maestro de escuela. Hans van Ripper, como albacea de su testamento, examinó el hatillo que contenía todos sus bienes terrenales. Estos consistían en dos camisas y media, dos pañuelos para el cuello, un par de calcetines con muchos zurcidos, unos viejos calzones de pana, una navaja oxidada, un libro de himnos religiosos erizado de puntos de lectura y un diapasón estropeado. En cuanto a los libros y el mobiliario de la escuela, pertenecían a la comunidad, a excepción hecha de *La historia de la brujería* de Cotton Mather, un *Almanaque de Nueva Inglaterra* y un tratado sobre los sueños y la adivinación del futuro; en este último se encontró un folio repleto de anotaciones y tachaduras, resultado de numerosos y poco fructíferos intentos por redactar unos versos en honor a la heredera de los Van Tassel. Tanto los libros de magia como el poético borrador se consignaron de inmediato a las llamas por iniciativa de Hans van Ripper, quien, en aquel mismo instante, decidió que su prole no volvería a poner un pie en las aulas, convencido de que nada bueno podía salir de tanto leer y escribir. Si el maestro poseía algunos ahorros, y lo cierto es que había recibido su asignación apenas un par de días antes, debía de llevar el dinero encima en el momento de su desaparición.

El misterioso suceso suscitó muchas especulaciones en la iglesia el domingo siguiente. Los corrillos de curiosos se congregaban en el cementerio, en el puente y en el lugar donde se habían encontrado el sombrero y la calabaza. Se evocaron las historias de Brouwer, de Bones y de varias personalidades más, y cuando todas se analizaban con detenimiento y se comparaban con los síntomas del caso presente, la gente sacudía la cabeza y llegaba a la conclusión de que el Hessiano Galopante se había llevado a Ichabod. Puesto que estaba soltero y no tenía deudas con nadie, nadie perdió el sueño por él; la escuela se trasladó a otra parte de la hondonada y se le asignó un nuevo maestro.

Cierto es que un anciano campesino, el cual había bajado de visita a Nueva York varios años después, y de quien recibí esta versión de tan fantasmagórica anécdota, regresó a casa con la noticia de que Ichabod Crane seguía con vida; que había abandonado la localidad en parte por temor al espectro y a Hans van Ripper, en parte desconsolado por el inesperado rechazo de la heredera; que ahora se alojaba en una zona lejana de la comarca; que había seguido enseñando y había estudiado Derecho a la vez; que había aprobado el examen, se había metido en política, lo habían elegido, había escrito para la prensa y, por último, lo habían nombrado juez en el Tribunal de las Diez Libras. Se observó asimismo que Brom Bones, quien poco después de la desaparición de su rival había conducido con aire triunfal a la exuberante Katrina al altar, se mostraba extraordinariamente risueño cada vez que alguien relataba la historia de Ichabod, hasta el punto de estallar en sonoras carcajadas cuando llegaba la mención de la calabaza, lo que llevó a algunos a sospechar que sabía más sobre aquel asunto de lo que pretendía dar a entender.

Sin embargo, las viejas del lugar, que son quienes mejor saben valorar estos asuntos, sostienen a fecha de hoy que la desaparición de Ichabod se debió a medios sobrenaturales, y su historia es una de las que más éxito tiene en la zona, en invierno, al congregarse todos en torno a las chimeneas. El puente se convirtió más que nunca en objeto de supersticiosa fascinación, y quizá eso explique que la carretera se haya modificado en los últimos años y ahora conduzca hasta la iglesia esquivando los bordes de la presa del molino. Una vez abandonada, la escuela no tardó en sucumbir al deterioro. Dicen que está embrujada por el fantasma del desventurado maestro. Más de un mozo de labranza, en su camino de vuelta a casa en los atardeceres del estío, ha creído escuchar su voz a lo lejos, entonando himnos melodiosos en medio de la tranquila soledad de Sleepy Hollow.

# Epílogo
## (Escrito con la letra del Sr. Knickerbocker)

He referido este relato casi con las mismas palabras que escuché en una reunión del ayuntamiento de la venerable ciudad de Manhattoes, a la que asistí en compañía de muchos de sus más sabios e ilustres vecinos. El narrador era un caballero entrado en años, de trato agradable y desaliñado atuendo negro agrisado, con unas facciones entre melancólicas y risueñas, el cual me dio la fuerte impresión de vivir en la precariedad, tal era su esfuerzo por entretener a la concurrencia. La historia, una vez concluida, suscitó muchas risas y aprobación, en particular por parte de dos o tres concejales ya veteranos que se habían pasado la mayor parte del tiempo durmiendo. Había, no obstante, un hombre bastante mayor, muy alto y enjuto, de cejas pobladas, cuyo semblante se mantuvo serio y solemne durante toda la narración; de vez en cuando se cruzaba de brazos, inclinaba la cabeza y fijaba la mirada en el suelo como si estuviera absorto en profundas cavilaciones. Se trataba de una de esas personas parca en palabras, de las que nunca se ríen sin un buen motivo, y solo con la razón y la ley de su parte. Cuando el alborozo generalizado remitió y se hubo restaurado el silencio, el hombre apoyó un codo en el brazo de su silla, y con el otro en jarras preguntó, con un cabeceo sutil pero extraordinariamente sabio, acompañado de un fruncimiento del ceño, cuál era la moraleja del cuento y qué se demostraba con él.

El narrador, que acababa de llevarse una copa de vino a los labios en recompensa por sus denuedos, se quedó pensativo un momento, miró a quien lo interpelaba con aire de deferencia infinita y, tras soltar muy despacio la copa encima de la mesa, observó que la historia, como es lógico, probaba...

—Que ningún revés en la vida está exento de placeres y ventajas, siempre y cuando uno se lo sepa tomar con humor.

»Que aquel que compita con jinetes fantasma es muy probable que termine cayéndose del caballo.

»Y que si una heredera holandesa le niega la mano a un maestro de escuela, eso no significa que este no vaya a terminar prosperando en los círculos más altos de la sociedad.

Las cejas del taciturno caballero amenazaron con fundirse en una sola ante semejante explicación, tan perplejo lo había dejado la racionalización de aquel silogismo, en tanto el de vestimenta más humilde, me pareció, lo observaba con algo parecido a una sonrisita entre socarrona y triunfal. El primero, al cabo, repuso que todo eso estaba muy bien, aunque la anécdota aún le parecía un poquito extravagante, y sobre al menos uno o dos puntos aún albergaba sus dudas.

—Está usted en su derecho —replicó el narrador—. Y le aseguro que yo, por lo que a la historia respecta, no me creo ni la mitad de ella.

# Rip van Winkle

Por Woden (Odín), Dios de los sajones,
De quien procede el Wensday (miércoles),
que es Wodensday (el día de Odín),
que la verdad es algo que siempre conservaré
hasta el día en que me arrastre hasta la tumba.

CARTWRIGHT

## OBRA PÓSTUMA DE DIEDRICH KNICKERBOCKER

El cuento siguiente se encontró entre los papeles del difunto Diedrich Knickerbocker, anciano caballero de Nueva York que mostraba una gran curiosidad por la historia holandesa de la provincia y por las costumbres de los descendientes de sus primeros colonos. No obstante, sus investigaciones históricas no se centraban tanto en los libros, sino en los hombres; porque en los primeros, lamentablemente, escaseaban sus temas favoritos, mientras que estudiando a los antiguos *burghers* de la ciudad —y sobre todo a sus mujeres— hallaba una gran riqueza de historias sobre costumbres y tradiciones de enorme valor para el estudioso de la historia. Así pues, cada vez que daba con una auténtica familia holandesa, cómodamente instalada en su granja de tejado bajo, a la sombra de un frondoso sicomoro, la examinaba como si fuera un pequeño volumen impreso en letra gótica, de esos que llevan cierre de seguridad, y la estudiaba con la avidez de un ratón de biblioteca.

El resultado de todas estas investigaciones fue una historia de la provincia durante el gobierno de la colonia holandesa, que publicó hace ya unos años.

Hay opiniones enfrentadas sobre el carácter literario de su obra y, a decir verdad, no supera en absoluto las expectativas. Su mérito principal estriba en su escrupulosa precisión, algo que curiosamente había sido puesto en duda en el momento de su publicación, pero que después quedaría perfectamente demostrado; y ha pasado a formar parte de todas las colecciones de historia como libro de incuestionable autoridad.

El anciano caballero murió poco después de la publicación de su obra, y ahora que ha desaparecido no causará un gran daño a su memoria decir que habría podido emplear su tiempo en labores de más peso. Sin embargo, se le daba bastante bien orientar su afición a su conveniencia y, aunque en ocasiones aquello diera una opinión equivocada a sus vecinos y provocara más de un lamento por parte de sus amigos, por los que sentía la máxima deferencia y el mayor afecto, sus errores y locuras se recuerdan «más con pesar que con rabia», y empieza a sospecharse que nunca pretendió provocar daño u ofensa a nadie. Con todo, cualquiera que sea el recuerdo que guarden de él sus críticos, sigue provocando sentimientos de afecto entre mucha gente cuya opinión es digna de consideración; especialmente entre ciertos pasteleros que han llegado incluso a hacer pasteles de Año Nuevo con su imagen, lo cual viene a ser como quedar inmortalizado en una medalla de Waterloo o en un penique de la Reina Ana.

## RIP VAN WINKLE

Todo el que haya viajado Hudson arriba recordará las montañas Catskill. Son una ramificación de la gran familia de los montes Apalaches, y se divisan al oeste del río, alzándose majestuosas y dominando la región. Con cada cambio de estación o de tiempo, o con el paso de cada una de las horas del día, se observan cambios en los tonos y en las formas de estas montañas mágicas, consideradas un barómetro perfecto por las mujeres de la zona. Cuando el tiempo está claro y sereno, se tiñen de azul y púrpura, y su silueta destaca sobre el claro cielo de la tarde; pero, a veces, cuando no se ve ni una nube por ningún lado, las cumbres se cubren con una caperuza de vapor gris que, iluminada por los últimos rayos del sol poniente, se enciende, reluciendo como una gloriosa corona.

A los pies de estas montañas encantadas el viajero puede descubrir finas volutas de humo elevándose desde un pueblecito cuyos tejados brillan entre los árboles, justo donde los tonos azules de las cotas altas se funden con el verde fresco de los paisajes más cercanos. Es una pueblo pequeño y muy antiguo, fundado por los colonos holandeses en los primeros tiempos de la colonia, cuando arrancaba el gobierno de Peter Stuyvesant, que en paz descanse, donde hasta hace unos años aún quedaban algunas de las casas de los colonos originales, construidas con pequeños ladrillos amarillos traídos de Holanda, con ventanas de celosía, un frontón en la fachada principal y, en lo alto del tejado, una veleta. En ese mismo pueblo, y en una de esas mismas casas (que, a decir verdad, estaba en un estado lamentable a causa de los embates del tiempo), había vivido mucho tiempo atrás, cuando el país era aún una provincia de Gran Bretaña, un tipo sencillo y de buen carácter llamado Rip van Winkle. Descendía de los Van Winkle, que tan destacado papel habían tenido en los caballerescos días de Peter Stuyvesant, y que habían estado a su lado durante el sitio de Fuerte Cristina. Sin embargo, él había heredado muy poco del carácter marcial de sus antepasados. Ya he señalado que era un hombre sencillo y de buen carácter; además, era un vecino amable y un marido obediente y sumiso. De hecho, a esa última circunstancia se debía seguramente aquella mansedumbre suya que le había hecho tan popular; porque los hombres que están sometidos a la disciplina de una arpía en casa son los que más obsequiosos y conciliadores se muestran fuera del propio hogar. No hay duda de que en el ardiente horno de sus tribulaciones domésticas se vuelven más dúctiles y maleables, desarrollando una gran paciencia y capacidad de sufrimiento. En cierto modo, pensando así, una mujer insufrible podría llegar a ser considerada una bendición y, en ese caso, Rip van Winkle era tres veces bendito.

Lo cierto es que era muy popular entre todas las comadres del pueblo que, como el resto de miembros del sexo amable, tomaran parte en todas sus disputas domésticas y que al discutir de aquellos asuntos en sus charlas vespertinas siempre echaran toda la culpa a la señora Van Winkle. También los niños del pueblo gritaban de alegría cada vez que lo veían acercarse. Él participaba en sus juegos, les fabricaba juguetes, les enseñaba cómo echar a volar sus cometas y a jugar a canicas, y les contaba largas historias de fantasmas, brujas e indios. Cada vez que salía a pasear por el pueblo se veía rodeado por toda una tropa de niños que se le colgaban de los faldones, le trepaban a la espalda y le hacían mil y una travesuras sin que él se quejara, y ni un solo perro del vecindario le ladraba.

El gran problema de Rip era su insuperable aversión a cualquier tipo de trabajo provechoso. No era por falta de diligencia o de perseverancia, porque era capaz de sentarse en una húmeda roca, con una caña larga y pesada como la lanza de un tártaro, y pescar todo el día sin abrir la boca, aunque no picara ni un solo pez para infundirle ánimos. Podía llevar una escopeta al hombro durante horas sin parar, abriéndose paso por entre bosques y pantanos, subiendo al monte y bajando a los valles, para cazar apenas unas cuantas ardillas o unas palomas silvestres. Nunca rehusaba ayudar a un vecino, aunque fuera en la tarea más dura, y era el primero en ofrecerse en todas las reuniones para desgranar mazorcas de maíz o construir muretes de piedra; las mujeres del pueblo también solían recurrir a él para que les hiciera gestiones y pequeños trabajos que sus maridos, menos solícitos, no estaban dispuestos a hacer. En otras palabras, Rip estaba siempre dispuesto a atender las necesidades de todos menos las suyas, pues ocuparse de las labores de su casa o mantener al día su granja le resultaba imposible.

De hecho, solía decir que no le valía la pena trabajar en su granja; era el terreno más pestilente de todo el país, cualquier cosa que hiciera en él salía mal, y siempre saldría mal, por mucho que se esforzara. El cercado se caía a trozos constantemente; su vaca solía extraviarse, o incluso se metía entre las coles; era evidente que las malas hierbas crecían más rápido en sus campos que en ningún otro terreno; y la lluvia siempre se decidía a caer en el momento en que se disponía a trabajar a campo abierto. Todo aquello había hecho que la finca heredada de sus padres se sumiera en la ruina, acre tras acre, hasta quedar reducida a una pequeña parcela para el cultivo de maíz y patatas que, pese a su reducido tamaño, era la granja peor gestionada de toda la región.

Sus hijos también iban hechos unos salvajes andrajosos, como si no tuvieran padres. Su hijo Rip, un pilluelo calcado a su padre, iba heredando su ropa y con ella, aparentemente, todos sus vicios. Solía vérsele trotando como un potrillo tras los pasos de su madre, vestido con unos pantalones bombachos de su padre que tenía que ir sujetándose con una mano, tal como sostienen las señoras elegantes la cola del vestido cuando hace mal tiempo.

Con todo, Rip van Winkle era uno de esos felices mortales, de carácter fácil y bobalicón, que se toman las cosas como vienen, que comen indistintamente pan blanco o pan moreno, el que puedan conseguir con el menor esfuerzo, y que preferirían morirse de hambre con un penique en el bolsillo que trabajar por una libra. Si de él dependiera, pasaría por la vida despreocupadamente; pero su mujer no paraba de echarle en cara su pereza, su desidia y la ruina en la que estaba sumiendo a toda la familia. No le daba tregua a su lengua, mañana, tarde y noche, y cada cosa que decía o hacía él era motivo de un torrente de elocuencia doméstica. Rip solo tenía un modo de responder a todos aquellos sermones y, de tanto recurrir a él, se había convertido en una costumbre. Se encogía de hombros, meneaba la cabeza y levantaba la mirada al cielo, pero no decía nada. Pero eso no hacía más que provocar una nueva andanada de su mujer, de modo que acababa por retirarse y salir a la calle, el único lugar que le queda a un marido sometido.

El único aliado que tenía Rip en casa era su perro Lobo, que recibía las mismas regañinas que su amo, puesto que la señora Van Winkle los consideraba compañeros de holganza, y al perro lo miraba incluso con malos ojos, considerando que era la causa de los frecuentes extravíos de su amo. Cierto es que Lobo cumplía con todas las características que dan nobleza a un perro y era más valiente que cualquier alimaña del bosque. ¿Pero qué coraje puede soportar los incesables e implacables ataques de una lengua femenina? En el momento en que Lobo entraba en la casa agachaba el lomo, bajaba el rabo hasta el suelo o lo escondía entre las patas, se escabullía con aire de culpabilidad y le echaba una mirada de reojo a la señora Van Winkle, y al mínimo movimiento de un palo de escoba o un cucharón soltaba un gemido lastimero y salía volando hacia la puerta.

A medida que su matrimonio iba cumpliendo años, las cosas fueron empeorando cada vez más para Rip van Winkle; un carácter agrio nunca se suaviza con la edad, y una lengua cortante es la única herramienta cuyo filo no merma con el uso constante. Durante un tiempo encontró consuelo frecuentando una especie de club, siempre abierto, de sabios, filósofos y otros personajes ociosos del pueblo que celebraban sus sesiones en un banco frente a una pequeña taberna con un rubicundo retrato de su majestad el rey Jorge III. Allí solían pasar los largos días de verano sentados a la sombra, hablando desganadamente de cualquier cotilleo del pueblo, o contándose interminables y soporíferas historias sobre nada en particular. Pero cualquier estadista habría pagado por oír los profundos debates que a veces se producían cuando por casualidad caía en sus manos algún antiguo periódico de un viajero de paso. ¡Con qué solemnidad escuchaban cuando les leía su contenido Derrick van Bummel, el director de la escuela, un hombrecillo culto y atildado que no se arredraba ante la palabra más imponente del diccionario! ¡Y con qué sabiduría deliberaban sobre sucesos de interés público meses después de que hubieran tenido lugar!

Las opiniones de esta junta quedaban sometidas al control de Nicholas Vedder, patriarca del pueblo y dueño de la taberna, a cuyas puertas solía sentarse desde la mañana hasta la noche, moviéndose lo justo para evitar el sol y mantenerse a la sombra de un gran árbol; de modo que los vecinos podían calcular la hora según sus movimientos, con la misma precisión que si fuera un reloj de sol. Desde luego era raro oírle hablar, pero fumaba su pipa sin cesar. No obstante, sus partidarios (porque todo gran hombre tiene partidarios), le entendían perfectamente y sabían cómo pedirle opinión. Cuando se leía o se comentaba algo que no fuera de su agrado, se le veía fumando su pipa con vehemencia y soltando frecuentes bocanadas de humo en señal de disgusto; pero cuando estaba satisfecho, inhalaba el humo de forma lenta y plácida, y lo soltaba en nubes suaves y ligeras; y a veces se quitaba la pipa de la boca y dejaba que el aromático vapor se elevara en volutas en torno a su nariz, asintiendo gravemente en gesto de aprobación.

Sin embargo, ni siquiera allí Rip encontraba refugio del acoso de su beligerante esposa, que a veces interrumpía de pronto la tranquilidad de la asamblea y ponía verdes a todos sus miembros, porque ni siquiera la augusta persona de Nicholas Vedder estaba a salvo de los ataques de la terrible arpía, que le acusaba directamente de fomentar la ociosidad de su marido.

El pobre Rip estaba ya al borde de la desesperación, y su única alternativa para huir del trabajo de la granja y de las reprimendas de su mujer era tomar la escopeta y salir a pasear por los bosques, donde a veces se sentaba a los pies de un árbol y compartía el contenido de su zurrón con Lobo, su compañero de miserias. «¡Pobre Lobo! —solía decir—, tu ama nos ha sumido en una vida de perros, amigo; pero mientras yo viva no te faltará un amigo.» Lobo agitaba el rabo, miraba a su dueño con cariño y, si los perros pueden sentir compasión, estoy convencido de que compartía el mismo sentimiento de su amo de todo corazón.

Un bonito día de otoño, en uno de sus largos paseos, Rip llegó hasta una de las zonas más elevadas de las montañas Catskill. Iba practicando su pasatiempo favorito, la caza a las ardillas, y el monte, inmóvil y solitario, le respondía una y otra vez con el eco de sus disparos. A media tarde, jadeante y agotado, se echó a descansar en una verde loma cubierta de vegetación, cerca del borde de un precipicio. Por un claro entre los árboles veía las tierras bajas y los ricos bosques que se cubrían muchas millas a la redonda. A lo lejos se distinguía el imponente Hudson, avanzando silencioso pero majestuoso, reflejando en su superficie una nube púrpura, o el velamen de algún barco que avanzaba perezosamente por sus cristalinas aguas, para perderse después entre las azuladas montañas. Por el otro lado se extendía un profundo valle, salvaje, solitario y agreste, con el suelo cubierto de fragmentos de roca caídos de las imponentes paredes de piedra y a cuyo fondo apenas llegaba el reflejo de la luz del sol poniente. Rip se quedó contemplando la escena un buen rato: iba atardeciendo progresivamente y las montañas empezaban a extender sus largas sombras azules por los valles. Se dio cuenta de que anochecería mucho antes de que pudiera llegar al pueblo, y soltó un profundo suspiro solo de pensar en el encuentro con la temible señora Van Winkle.

Cuando estaba a punto de iniciar el descenso, oyó una voz a lo lejos que lo llamaba: «¡Rip van Winkle! ¡Rip van Winkle!». Miró alrededor, pero no vio más que un cuervo solitario sobrevolando la montaña. Pensó que habría sido fruto de su imaginación y se dispuso de nuevo a descender, cuando oyó la misma llamada en el silencio de la tarde: «¡Rip van Winkle! ¡Rip van Winkle!». Al mismo tiempo, Lobo erizó el lomo y emitió un gruñido grave, situándose al lado de su amo y mirando ladera abajo, temeroso. Una cierta aprensión se apoderó de Rip, que miró en la misma dirección y distinguió una extraña figura que trepaba por entre las rocas, curvada bajo el peso de algo que cargaba a la espalda. Le sorprendió ver a un ser humano en aquel lugar tan solitario y remoto, pero supuso que

sería alguno de sus vecinos y que necesitaría ayuda, así que se apresuró a dársela.

Al acercarse, le sorprendió aún más la singularidad del aspecto del extraño. Era un tipo bajito y corpulento, con barba canosa y cabello espeso y enmarañado. Iba vestido al antiguo estilo holandés: con un jubón de tela ceñido por la cintura, unas calzas de varias capas, las más externas de gran volumen, decoradas con hileras de botones a los lados y borlas en las rodillas. Llevaba al hombro un barril que parecía estar lleno de licor, y le hizo un gesto a Rip para que se acercara y le ayudara con el peso. Aunque desconfiaba un poco del recién llegado, Rip obedeció con su habitual celeridad; y entre los dos ascendieron con la carga por una angosta quebrada que aparentemente era el lecho seco de un torrente. Durante el ascenso, Rip oyó extraños ruidos que retumbaban como truenos lejanos y que parecían proceder de una honda garganta o, más bien, una fisura entre las inmensas rocas hacia las que les llevaba el agreste sendero. Se detuvo un instante, pero supuso que sería el murmullo de una de esas tormentas pasajeras que suelen producirse en las montañas y prosiguió. Cruzando la garganta llegaron a una hondonada, similar a un pequeño anfiteatro, rodeada por precipicios perpendiculares con árboles cuyas ramas se extendían sobre los bordes, de modo que solo era posible entrever el cielo azul y las claras nubes del atardecer. Durante todo aquel tiempo, los dos avanzaron en silencio; no solo porque a Rip le maravillara que alguien quisiera acarrear un barril de licor por aquella montaña salvaje, sino porque además había algo extraño e incomprensible en el desconocido, que le inspiraba temor y que impedía cualquier familiaridad.

Al entrar en el anfiteatro aparecieron nuevos motivos de asombro. En el terreno llano del centro había un grupo de personajes de aspecto extraño jugando a los bolos. Iban vestidos de un modo peculiar y estrafalario; algunos llevaban jubón corto; otros, camisolas con largos cuchillos al cinto, y la mayoría vestía unos bombachos enormes, similares a los del guía de Rip. Sus rostros también eran peculiares; uno tenía la cabeza grande, la cara ancha y los ojos pequeños como los de un gorrino; el rostro de otro parecía consistir únicamente en la nariz, y llevaba un sombrero puntiagudo blanco decorado con una pequeña cola de gallo roja. Todos llevaban barba, de diversas formas y colores. Había uno que parecía ser el jefe. Era un anciano corpulento y de piel curtida; llevaba un jubón con cintas y un alfanje al cinto, sombrero alto con pluma, calzas rojas y zapatos de tacón alto con rosetas. En conjunto, a Rip le recordaban a los personajes de una antigua pintura flamenca que había visto en casa del párroco del pueblo, Dominie van Schaick, que la había traído desde Holanda en tiempos de la colonia.

Lo que le más raro le parecía a Rip era que, aunque era evidente que aquellos tipos se estaban divirtiendo, mantenían un semblante serio, un silencio misterioso y, para estar de fiesta, componían el grupo más melancólico que hubiera visto nunca. Nada interrumpía el silencio de la escena salvo el ruido de las bolas que, al lanzarlas, creaban un eco que retumbaba como un trueno en las montañas.

Cuando Rip y su compañero se acercaron, dejaron de jugar de pronto y se lo quedaron mirando fijamente, como si fueran estatuas. Viendo la expresión dura y sin emoción de aquellos rostros, el corazón le dio un vuelco y sintió que le flaqueaban las rodillas. Su compañero, entonces, vació el contenido del barril en grandes jarras y le indicó con un gesto que sirviera a la compañía. Él obedeció temblando, asustado; ellos bebieron el licor en un silencio sepulcral y luego volvieron al juego.

Poco a poco el miedo y la aprensión de Rip fueron menguando. Incluso se aventuró, cuando vio que no lo miraban, a probar la bebida, que observó que tenía el sabor de una excelente ginebra holandesa. Él era por naturaleza buen bebedor, y muy pronto sintió la tentación de probar de nuevo. Un trago provocaba el siguiente, y fue sirviéndose de la jarra tantas veces que al final perdió el sentido, notó que los ojos se le cerraban, la cabeza se le inclinaba progresivamente y acabó sumiéndose en un sueño profundo.

Al despertarse, se encontró en el verde prado donde había visto por primera vez al anciano del valle. Se frotó los ojos; era una bonita y soleada mañana. Los pájaros revoloteaban gorjeando por entre los arbustos, y un águila surcaba el cielo, donde soplaba el aire puro de la montaña. «No puede ser que haya dormido aquí toda la noche», se dijo Rip. Recordó todo lo ocurrido antes de dormirse: el extraño hombre del barril de licor, la quebrada en la montaña, aquel refugio entre las rocas, la decaída fiesta de los bolos, la jarra... «¡Oh, esa jarra! ¡Esa maldita jarra! —pensó Rip—. ¿Qué excusa le daré a la señora Van Winkle?»

Buscó su arma, pero en lugar del fusil limpio y bien engrasado encontró una vieja escopeta con el cañón oxidado, el cierre caído y la carcasa comida por los gusanos. Pensó que los juerguistas de la montaña de rostro tan serio le habrían tendido una trampa, embriagándolo con el licor para robarle su fusil. Lobo también había desaparecido, pero podía ser que hubiera salido corriendo tras una ardilla o una perdiz. Lo llamó silbando y gritando su nombre, pero fue todo en vano; el eco le devolvió el silbido y el grito, pero el perro no apareció.

Decidió visitar de nuevo la escena de la fiesta de la noche anterior, y si encontraba a alguno de los que participaron en ella, exigirle que le devolviera su fusil y su perro. Pero en el momento en que se puso en pie notó que tenía las articulaciones rígidas, y que le costaba moverse como siempre. «Esto de dormir en la montaña no va conmigo —pensó Rip—, y si esta broma me cuesta un ataque de reuma, la señora Van Winkle me va a montar un buen espectáculo.» Con cierta dificultad logró bajar hasta el valle y encontró el cauce por el que habían ascendido él y su compañero la tarde anterior; pero, para su asombro, ahora bajaba por él un torrente impetuoso que

saltaba de roca en roca, llenando el valle con el sonido de su borboteo. Aun así consiguió trepar por las orillas, abriéndose paso por entre los arbustos, los abedules y los árboles de sasafrás, enredándose de vez en cuando con las parras silvestres enzarzadas entre la vegetación, formando una especie de red que le entorpecía el paso.

Por fin llegó al lugar donde la quebrada se abría paso entre las rocas y daba a aquel anfiteatro, pero no encontró ni rastro de la hondonada. Las rocas formaban un muro impenetrable por el que descendía el torrente formando una capa de espuma, y caía en una amplia y profunda cuenca oscurecida por las sombras del bosque circundante. El pobre Rip tuvo que detenerse otra vez. Volvió a silbar y a llamar a su perro, pero solo le respondió una bandada de cuervos holgazanes apostados en lo alto de un árbol seco que se asomaba al precipicio, bañado por el sol y que, desde la seguridad de su posición elevada, parecían mirar abajo y mofarse de la perplejidad del pobre hombre. ¿Qué podía hacer? La mañana iba pasando y Rip sentía hambre, pues no había desayunado. Le dolía abandonar la búsqueda de su perro y de su fusil; temía el encuentro con su esposa; pero no quería morir de hambre en las montañas. Meneó la cabeza, se echó la oxidada escopeta al hombro y, con el corazón lleno de angustia y aflicción, emprendió el camino de regreso a casa.

Al acercarse al pueblo fue encontrándose con diferentes personas, pero ninguna que conociera, lo cual le sorprendió mucho, porque él creía conocer casi a todos los habitantes de la zona. Sus ropas también eran diferentes a las que solían verse. Todos se lo quedaban mirando igualmente sorprendidos, y cada vez que alguien ponía la vista en él, se frotaba la barbilla. Tanto repetían aquel gesto que sin darse cuenta Rip acabó emulándolos y observó, asombrado, que la barba le había crecido palmo y medio.

Había llegado a las afueras del pueblo. Una pandilla de extraños niños corría tras él, burlándose y señalando su barba grisácea. Los perros, de los que no reconoció ni uno, también le ladraban al pasar. Todo el pueblo había cambiado; era más grande y más populoso. Había filas de casas que no había visto nunca, y muchos de los locales que solía visitar habían desaparecido. Sobre las puertas veía nombres extraños, rostros extraños en las ventanas, todo era extraño. Se sintió confundido; empezó a plantearse si estaría hechizado él o el mundo que le rodeaba, o ambos. No cabía duda de que aquel era su pueblo, el lugar del que había salido apenas un día antes. Ahí estaban las montañas Catskill; ahí discurría el plateado Hudson, a lo lejos; ahí estaban todas las colinas y los valles, exactamente en el mismo sitio de siempre... Rip estaba de lo más confundido. «¡Aquella jarra de anoche —pensó—, me ha trastornado la cabeza!»

Le costó cierto trabajo encontrar el camino a su casa, a la que se acercó temeroso y en silencio, esperando oír en cualquier momento la estridente voz de la señora Van Winkle.

Pero se encontró la casa en ruinas: el techo hundido, las ventanas rotas y las puertas fuera de sus goznes. Un perro medio muerto que se parecía a Lobo merodeaba por el lugar. Rip le llamó por su nombre, pero el animal gruñó, le enseñó los dientes y se alejó sin prestarle atención. Aquello le dolió en lo más profundo. «¡Hasta mi propio perro me ha olvidado!», se lamentó Rip, con un suspiro.

Entró en la casa que, a decir verdad, la señora Van Winkle siempre había mantenido limpia y ordenada. Estaba vacía, dejada, aparentemente abandonada. La desolación se impuso a sus temores conyugales y llamó a gritos a su mujer y a sus hijos, pero su voz resonó en los cuartos vacíos y se hizo de nuevo el silencio.

Aceleró el paso y se dirigió a toda prisa a su refugio de siempre, la taberna del pueblo, pero también había desaparecido. En su lugar había un enorme y desvencijado edificio de madera con grandes ventanales, algunos rotos y recompuestos con enaguas y sombreros viejos, y sobre la puerta se veía, en letras pintadas: «Hotel Unión, de Jonathan Doolittle». En lugar del gran árbol que solía dar sombra a la pequeña taberna histórica holandesa, ahora había un gran poste con lo que parecía un gorro de dormir rojo en lo alto y una bandera con una curiosa combinación de barras y estrellas; todo aquello era extraño e incomprensible. Sin embargo, reconoció en el cartel el rostro rubicundo del rey Jorge, bajo el cual se había fumado más de una pipa tranquilamente; pero también el rey presentaba curiosos cambios. La casaca roja había adoptado un llamativo color azul, en la mano tenía una espada en lugar de un cetro, en la cabeza lucía un sombrero de tres picos, y debajo ponía, en letras grandes: «General Washington».

Había, como siempre, un grupito de parroquianos en la puerta, pero ninguno que Rip reconociera. Parecía que incluso hubiera cambiado la personalidad de la gente. Había un ambiente activo, con acaloradas discusiones en lugar de la charla tranquila y flemática de antes. Buscó en vano a Nicholas Vedder, con su rostro ancho, su hoyuelo en la barbilla, emitiendo nubes de humo en lugar de vacuos discursos; o a Van Bummel, el director de la escuela, comentando algún periódico antiguo. En su lugar encontró a un tipo flaco de aspecto airado, con los bolsillos llenos de pasquines, que arengaba con vehemencia sobre los derechos de los ciudadanos, las elecciones, los diputados, la libertad, los héroes de Bunker Hill y otros conceptos que al perplejo Van Winkle le sonaban a chino.

La aparición de Rip, con su larga barba gris, su herrumbrosa escopeta, su ropa tosca y una horda de mujeres y niños siguiéndolo, enseguida atrajo la atención de los políticos de la taberna. La multitud le rodeó y la gente lo escrutó de la cabeza a los pies con gran curiosidad. El orador enseguida se dirigió a él y, llevándolo aparte, le preguntó a qué partido había votado. Rip se lo quedó mirando, anonadado. Un tipo bajito se le acercó, le tiró del brazo y, poniéndose de puntillas, le preguntó al oído si era federal o demócrata. Rip seguía sin tener ni idea de lo que le estaban preguntando. En aquel momento, un anciano caballero con un sombrero de tres picos y aire pomposo se abrió paso entre la multitud, apartando a la gente a derecha e izquierda con los codos, y se plantó ante Van Winkle con un brazo en jarras y el otro apoyado en su bastón y, con una mirada profunda que le penetró hasta el alma, le preguntó, con gran solemnidad, cómo se le ocurría presentarse allí, en plenas elecciones, con un fusil al hombro y arrastrando una multitud, y si pretendía organizar un altercado en el pueblo.

—¡Ay de mí, caballeros! —exclamó Rip, consternado—. Yo no soy más que un hombre de paz, nacido en este pueblo y fiel súbdito del rey, que Dios lo bendiga!

Aquello provocó un estallido de protestas entre los presentes:

—¡Un lealista! ¡Un lealista! ¡Un espía! ¡Fuera con él!

El pomposo caballero del sombrero de tres picos impuso orden, no sin dificultad, y frunciendo el ceño para adoptar un tono diez veces más severo, preguntó de nuevo al malhechor desconocido a qué había venido y a quién buscaba. El pobre hombre le aseguró que no quería hacer daño a nadie, que solo venía buscando a algunos de sus vecinos, que solían frecuentar la taberna.

—Bueno, ¿y quiénes son? Nómbrelos.

Rip se quedó pensando un momento y luego preguntó:

—¿Dónde está Nicholas Vedder?

Se hizo el silencio un momento, hasta que un anciano respondió, con una vocecilla quebradiza:

—¡Nicholas Vedder! ¡Vaya, lleva muerto dieciocho años! Antes había una lápida en el cementerio de la iglesia, pero también la lápida se descompuso y desapareció.

—¿Y dónde está Brom Dutcher?

—Oh, se alistó en el ejército al inicio de la guerra; hay quien dice que lo mataron en el asalto de Stony Point. Otros dicen que se ahogó en una borrasca a los pies de Anthony's Nose. No sé... Nunca volvió.

—¿Y dónde está Van Bummel, el director de la escuela?

—También se fue a la guerra, fue un gran general y ahora está en el Congreso.

Rip se vino abajo al oír aquellas tristes noticias sobre su hogar y sus amigos, que le hicieron sentirse de pronto solo en el mundo. Las respuestas también le desconcertaban, al referirse a periodos de tiempo tan largos y a asuntos que él no podía entender: la guerra, el Congreso, Stony Point... No tuvo valor para preguntar por ningún amigo más, pero exclamó, desesperado:

—¿Es que nadie aquí conoce a Rip van Winkle?

—¡Oh, Rip van Winkle! —exclamaron dos o tres—. ¡Por supuesto que sí! Ahí está, recostado contra el árbol.

Rip miró y se encontró con una réplica exacta de sí mismo, tal como era cuando ascendió a la montaña: aparentemente igual de holgazán, y desde luego igual de desaliñado. Ahora sí que su perplejidad era absoluta. Dudaba de su propia identidad y de si era él mismo u otro hombre. Y en pleno estado de confusión, el hombre del sombrero de tres picos le preguntó quién era y cómo se llamaba.

—Solo Dios lo sabe —exclamó él, desconcertado—. Yo no soy yo, soy otra persona... Es decir, soy ese... No, ese es alguien que se ha puesto en mi lugar... ¡Yo era yo hasta anoche, pero me dormí en la montaña, me cambiaron el fusil, y todo cambió, yo he cambiado, y ya no sé cómo me llamo ni quién soy!

Los presentes empezaron a mirarse unos a otros, asintiendo, lanzándose significativos guiños y llevándose un dedo a la sien. Empezaron a murmurar que habría que quitarle el arma y evitar que el pobre hombre hiciera algún disparate, y al oír aquello el hombre ostentoso del sombrero de tres picos se retiró precipitadamente. En aquel momento crítico, una atractiva mujer que acababa de llegar se abrió paso entre la multitud para echar un vistazo al hombre de la barba gris. Llevaba un niño rollizo entre los brazos que se asustó al verlo y se echó a llorar.

—Shhh, Rip —le dijo ella—, calla, tontito; ese anciano no te hará ningún daño.

El nombre del niño y el aspecto de la madre, el tono de su voz, activaron una avalancha de recuerdos.

—¿Cómo te llamas, buena mujer? —preguntó él.
—Judith Gardenier.

—¿Y tu padre cómo se llamaba?

—¡Ah, pobre hombre! Se llamaba Rip van Winkle, pero han pasado veinte años desde que salió de casa con su escopeta, y nunca más hemos sabido de él: su perro volvió a casa sin él, pero nadie sabe si se mató o si se lo llevaron los indios. Yo entonces era una niña.

Rip tenía una pregunta más que hacerle, pero la hizo con la voz temblorosa:

—¿Dónde está tu madre?

—Oh, ella también ha muerto, pero hace poco; se le rompió una arteria en un arranque de cólera discutiendo con un vendedor ambulante de Nueva Inglaterra.

Aquello, al menos a su modo de ver, era un consuelo. El pobre hombre no pudo contenerse más. Agarró a su hija y al pequeño entre sus brazos.

—¡Yo soy tu padre! —dijo sollozando—. El joven Rip van Winkle de otro tiempo, ahora el viejo Rip van Winkle! ¿Es que nadie conoce al pobre Rip van Winkle?

Todos se quedaron de piedra, hasta que una anciana salió renqueando de entre la multitud, se llevó la mano a la frente y, observando su rostro por un momento, exclamó:

—¡Por supuesto! ¡Es Rip van Winkle, es él! Bienvenido a casa otra vez, querido vecino. ¡Vaya! ¿Dónde has estado estos veinte largos años?

Rip terminó muy pronto de contar su historia, porque aquellos veinte largos años no habían sido para él más que una noche. Los vecinos se quedaron boquiabiertos cuando la oyeron; algunos se guiñaban el ojo y se hacían señas, y el hombre petulante del sombrero de tres picos, que una vez pasado el momento de alarma había vuelto a escena, hizo una mueca y meneó la cabeza, lo que provocó que la mayoría de los congregados hicieran lo mismo.

Se decidió, de todos modos, pedir opinión al viejo Peter Vanderdonk, al que vieron acercándose lentamente por la calle. Era descendiente del historiador del mismo nombre que había escrito una de las primeras crónicas de la provincia. Era el residente más antiguo del pueblo, y conocía bien todos los felices acontecimientos y las tradiciones del lugar. Reconoció a Rip de inmediato, y corroboró su historia del modo más satisfactorio. Aseguró a los presentes que era un hecho, transmitido por su antepasado historiador, que las montañas Catskill habían sido siempre guarida de extraños seres. Se decía que el gran Hendrick Hudson, descubridor del río y de la comarca, celebraba allí una especie de vigilia cada veinte años, con la tripulación del Media Luna, para poder contemplar de este modo los lugares donde había llevado a cabo sus hazañas, y vigilar el río y la gran ciudad que llevaban su nombre. El padre de Vanderdonk los había visto una vez con sus antiguas vestimentas holandesas, jugando a los bolos en una hondonada de la montaña; y él mismo había oído, una tarde de verano, el ruido que hacían al jugar, que sonaba como truenos lejanos.

Al final, el grupo se disolvió y volvió al tema de las elecciones, que les preocupaba más. La hija de Rip se lo llevó a vivir con ella; tenía una casa acogedora, bien equipada, y un rudo y alegre granjero por marido, en el que Rip reconoció a uno de los pilluelos que solían subírsele a la espalda. En cuanto al hijo y heredero de Rip, que era el vivo reflejo de su padre, y al que había visto apoyado en el árbol, estaba empleado en la granja, pero evidenciaba una disposición natural y hereditaria a atender cualquier cosa que no fuera su trabajo.

Rip volvió a sus paseos de antes y a sus viejas costumbres; no tardó en encontrar a muchos de sus antiguos compinches, aunque todos estaban muy ajados por el paso del tiempo y prefirió hacer amigos de la nueva generación, entre los que enseguida se hizo muy popular.

Al no tener nada que hacer en casa, y habiendo llegado a esa edad feliz en la que un hombre puede holgazanear impunemente, volvió a ocupar su lugar en el banco a la puerta de la taberna, donde era reverenciado como uno de los patriarcas del pueblo y como crónica viviente de los viejos tiempos de «antes de la guerra». Tardó un tiempo en ponerse al corriente de los cotilleos, ya que no le resultaba fácil asimilar los extraños acontecimientos que habían ido sucediéndose durante su sueño: una guerra revolucionaria, la liberación del país del yugo de la vieja Inglaterra y el hecho de que, en lugar de ser súbdito de su majestad el rey Jorge III, ahora era un ciudadano libre de los Estados Unidos. Rip, de hecho, no era político, los cambios de los estados y los imperios no le importaban demasiado; pero había una clase de despotismo que sí le había oprimido durante mucho tiempo, y era el gobierno de las faldas. Afortunadamente había llegado a su fin; de pronto se encontraba fuera del yugo del matrimonio y podía entrar y salir cuando le diera la gana, sin temor a la tiranía de la señora Van Winkle. No obstante, cada vez que se mencionaba su nombre meneaba la cabeza, se encogía de hombros y ponía la mirada en el cielo; gestos que podían entenderse como una expresión de resignación ante su suerte o de alegría por su liberación.

Solía contar su historia a todos los forasteros que llegaban al hotel del señor Doolittle. Al principio, observaron que hacía alguna variación en el relato cada vez que lo contaba, algo que sin duda se debía a lo reciente de su despertar. Pero al final se quedó con la versión que acabo de relatar, y no había hombre, mujer o niño en el barrio que no se la supiera de memoria. Algunos fingían dudar de su veracidad, e insistían en que Rip se había vuelto loco y desvariaba. No obstante, los viejos residentes holandeses le dieron crédito casi de forma unánime. Y aún hoy, cuando oyen una tormenta en las montañas Catskill durante una tarde de verano, dicen que Hendrick Hudson y sus marineros están jugando a los bolos; y no hay duda de que todos los maridos del barrio que viven dominados por sus esposas desean en silencio echar un buen trago de la jarra de Rip van Winkle.

## NOTA

Cabría sospechar que, al escribir este relato, el señor Knickerbocker se hubiera inspirado en una superstición alemana sobre el emperador Federico Barbarroja y los montes Kyffhäuser; no obstante, la nota adjunta, incluida por el autor como apéndice a este relato, demuestra que el hecho es real y que está narrado con su habitual fidelidad:

> La historia de Rip van Winkle puede parecer a muchos increíble, pero aun así yo le doy crédito, pues sé que nuestras colonias holandesas siempre han sido escenario de sucesos maravillosos y apariciones. De hecho, he oído muchas historias más extrañas que esta en los pueblos de la ribera del Hudson, todas ellas demasiado contrastadas como para admitir una duda. Incluso he hablado personalmente con el propio Rip van Winkle, ya convertido en un venerable anciano la última vez que lo vi, tan perfectamente racional y coherente en todo lo demás que no creo que ninguna persona con conciencia pudiera negarse a dar crédito a su historia. Es más, he visto un certificado emitido por un tribunal de la comarca y firmado con una cruz por el juez. No cabe, pues, ninguna posibilidad de duda sobre la veracidad de la historia.
>
> D. K.

Estas son algunas notas de viajes anotadas en un cuaderno del señor Knickerbocker:

Las Kaatsberg, o montañas Catskill, siempre han sido una región de leyenda. Los indios la consideraban morada de los espíritus, que influían en el tiempo extendiendo el sol o las nubes por el paisaje y enviando buenas o malas temporadas de caza. Estaban gobernados por un antiguo espíritu de una *squaw,* una mujer india, que se decía que era su madre y que vivía en la cumbre más alta, desde donde abría y cerraba las puertas del día y de la noche, en el momento oportuno. Ella colgaba la luna nueva en el cielo y transformaba la luna vieja en estrellas. En tiempos de sequía, cuando se la propiciaba, hilaba finas nubes de verano con telas de araña y rocío de la mañana y las lanzaba desde las cimas de las montañas, copo a copo, como si fuera algodón cardado, para que flotaran en el aire hasta disolverse por el calor del sol y fundirse en suaves lluvias, haciendo que la hierba creciera, los frutos maduraran y el maíz medrara rápidamente. Si se la contrariaba, en cambio, creaba nubes negras como la tinta y se sentaba entre ellas como una gran araña en medio de su tela, y, cuando esas nubes estallaban, ¡ay de los valles!

Antiguamente, según las tradiciones indias, había una especie de Manitú o espíritu que moraba en las regiones más salvajes de las montañas Catskill y que experimentaba un placer malsano provocando todo tipo de males y vejaciones a los pieles rojas. A veces adoptaba la forma de un oso, una pantera o un ciervo para provocar que los atónitos cazadores le persiguieran por los enmarañados bosques y las escarpadas rocas, para después saltar al vacío con una sonora carcajada, dejándolos al borde de un precipicio o de un impetuoso torrente.

La morada favorita de este Manitú aún se puede visitar. Es una gran roca o despeñadero en el punto más solitario de las montañas, y se le conoce con el nombre de Garden Rock por las enredaderas que lo cubren y las flores silvestres que crecen en los alrededores. Cerca de la base hay un pequeño lago donde vive el solitario avetoro, y donde las culebras de agua se suben a las hojas de los nenúfares para tomar el sol.

Este lugar era objeto de gran veneración por parte de los indios, hasta el punto de que ni el cazador más osado seguiría a su presa hasta allí. No obstante, hubo una vez en que un cazador perdido penetró en el Garden Rock, donde vio una serie de calabazas apoyadas en las horcaduras de los árboles. Tomó una y se fue con ella, pero con las prisas se le cayó entre las rocas, de donde brotó un torrente que lo arrastró por enormes precipicios, destrozándolo. El torrente fue a desembocar en el Hudson, hacia donde sigue fluyendo actualmente. Se trata del arroyo hoy conocido como Kaaters-kill.